NK INK INK INK INK INK INK I
K INK INK INK INK INK INK INK
NK INK INK INK INK INK INK I
K INK INK INK INK INK INK INK
NK INK INK INK INK INK INK I
K INK INK INK INK INK INK INK
NK INK INK INK INK INK INK I
K INK INK INK INK INK INK INK
NK INK INK INK INK INK INK I
K INK INK INK INK INK INK INK
NK INK INK INK INK INK INK I
K INK INK INK INK INK INK INK
NK INK INK INK INK INK INK I
K INK INK INK INK INK INK INK
NK INK INK INK INK INK INK I
K INK INK INK INK INK INK INK
NK INK INK INK INK INK INK I
K INK INK INK INK INK INK INK
NK INK INK INK INK INK INK I
K INK INK INK INK INK INK INK
NK INK INK INK INK INK INK I
K INK INK INK INK INK INK INK
NK INK INK INK INK INK INK I
K INK INK INK INK INK INK INK
NK INK INK INK INK INK INK I
K INK INK INK INK INK INK INK
NK INK INK INK INK INK INK I

INK

文學叢書

054

玫瑰阿修羅

林俊穎◎著

阿修羅：梵文Ashura音譯，意譯爲非天，古印度神話中惡神名，曾與帝釋爭權，佛書列爲天龍八部之五，男醜，女端正。

法華文句：「阿修羅此云無酒，採四天下花醞於大海，以魚龍業力，其味不變，瞋妒誓斷酒，故稱無酒神。」

因爲我們窮，我們就該是壞人？

——John Webster（十七世紀英劇作家）

每一個富人後面都有一個魔鬼，而每一個窮人後面則有兩個。

——瑞士諺語

目次

我看見火，從天隕降，一張嘻謔的笑臉。

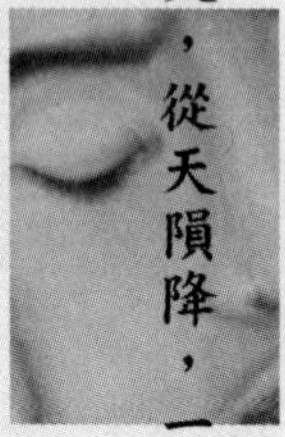

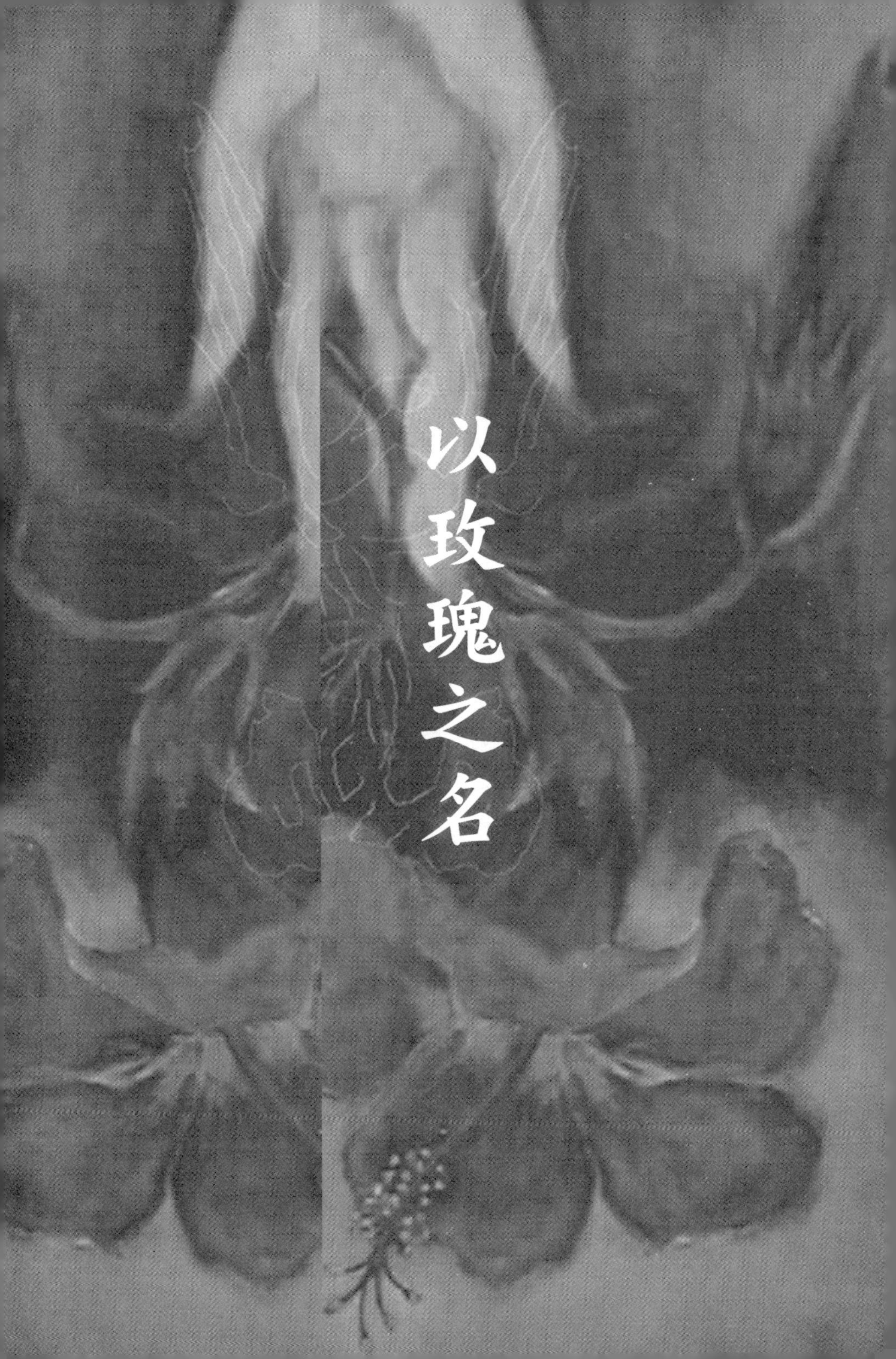

以玫瑰之名

我看見火，從天隕降，一張嘻謔的笑臉。

我又看見火，極歡愉的心花怒放，綻開重重疊疊的複瓣，成為一台瓷青蓮座，於夜將盡的高樓峽谷呼嚕呼嚕圓滿運轉。

火之滌淨，火之懺悔，火之美麗，火之重生。

我以為看見了火。盆地破曉前，天灰地濁，哀傷沉沉。但我眼中的火種爆香，橘金榴紅碳金紅，緩緩的煨出了希望，煅出了淚水，在蚊蠅站不住腳的帷幕玻璃上，每一舌瓣以柔克剛細細的舔，深情的囓，癡癡的咬。

火之莊嚴，火之曼妙，火之無明，火之不可說。

火之大神力。

而月亮那團陰火戚戚的落下去，林蔭大道流動起第一道腥臭的風，傑洛米徹夜未眠，摘下眼鏡要睡了，並不叫她一起上床。

床頭燈調淡，照著她手臂像魚皮生輝，她蹲伏地毯上無聲無息，撿拾剪下的指甲月牙，她的與傑洛米的。髮為血之餘，指甲為手足之餘，她集攏收藏在小玻璃罐內，以備來日或可一用。

偶爾她必須很低很低的這樣蹲伏於傑洛米腳旁，如同他飼養憐愛的家犬。他將白皙的腳伸放她兩膝之間，她專注謹慎，唯恐剪破表皮見血，喀噠的指甲剪的脆聲，她家常的奴顏，必然帶給他相當程度的滿足與快感。

傑洛米箕張，舞動十趾，每一根皆潔淨健康，血色暢旺，趾如其人的高傲自負。

她精靈似仰頭望，望見他眼裡閃過肉食動物凌厲的凶光。當下嗅出他的心思，他是幻想自己米開朗基羅的大衛王雕像的踝足，肆意踩壓她的臉與胸的惡虐滋味。而她要因畏而愛，甘於接受那雄性權勢的蹂躪，並且嬌喘軟吁以示感恩。臉上因此有腳汗的青翳，舌尖微有酸苦，雙乳則在滿月月光裡飽脹，浮現烏紫拓痕。

「Honey, who else can I trust? Gee.」噢，蜜糖，除了你，我還能相信誰呢?傑洛米疲累極了時，總是如此對她說，翹起蘭花指，沾了薄荷油揉著他的太陽穴。她遂爲他的撒嬌心旌搖動。晚上在他的住處，他從背後抓她的胸，上軛似的扣住，手勁一點一點的加強，到達她分不清是寵愛或是屈辱的地步，唯覺疼痛。

他五坪大的個人辦公室，物欲橫流，壅塞著成套成套的卡通、漫畫主角及企業玩偶，米其林人、麵糰小廚師、明治女孩、大同寶寶、無敵鐵金剛、大兵喬、蜘蛛人、超人；桌上有拾自各魅麗海域的海星與貝殼與海螺，桌前一大截奇拔的漂流木當座椅。他在整牆的塑膠靈物前嘆氣，蔗糖膚色的臉，「Mother fucker！到底能相信誰？」

她問：「可以通知安琪拉過來嗎？」

他無情緒的瞪著她，「Not now. Let's forget that super bitch.」要她坐，把手伸給他，在她兩手腕噴灑玫瑰精油水。立時升起一團隱形香霧。他困頓的陷進高背黑膠座椅，西裝褲管的褶線如刀刃，眼珠奕奕轉動，手指噠噠磕敲那一疊由她整理打字編排、厚四公分的中英雙語企畫書，封面兩行擲地有聲的粗黑體字，「Refresh 登陸台灣作戰策略及執行重點」。

他桌上一塊小巧而光華瀲灩的水晶鎮紙，一面鏤刻「成功的ＡＢＣ」，翻過去另一面是解答，「Ability，Breaks，Courage」，能力，機會，勇氣。

安琪拉望文生義，到處大肆演繹，「成功的ＡＢＣ？嘖嘖，要不要臉！好歹低調點，這年頭誰怕誰啊，有幾人的身家背景禁得起挖？稍一挖都是一坨屎！除非他祖上積德，是一百年前被當豬仔運到美西築鐵路的華工，否則八成是ＫＭＴ最腐敗時的貪官污吏，Ａ得撐爆了，趕在老共渡江前逃到新大陸當寓公。哇咧自稱是成功的ＡＢＣ，拜託！」

能力，機會，與勇氣，何者爲最大？傑洛米將她的藕灰色雪紡長裙由下往上掀翻，覆蓋她頭臉，她閉上眼覺得窒息。他的手涼淡無汗亦無垢的遊移，極其愛惜與依戀。漸覺他的重量與汗濕，睜眼，屋內蝙蝠色的陰靜，屋外是正午的炎陽。

三者一樣的大，也一樣的微小，但看你信仰那一個。信仰生發源源力量。傑洛米的信仰是，不輕易的相信，時時懷疑，且要不停不停的戰鬥，從其中確認敵友，分辨利害。旱燥午時，他的身軀逆光而有一層緞亮膜衣，射精之後，磅錘般甸甸的歸位安穩。拾起衣褲一件一件穿上，遮蓋之前的狂野與蠻暴。坐在床沿她身旁穿襪子，波動她，黏在她肌膚上他的體液揮發強烈的清剛味。

當初應徵面談，傑洛米滿溢的美式親和力，又不失好人家子弟的紳士教養，離題問她可喜歡他的收藏？

她解人的反問，最喜歡的是哪一個呢。

他擱下一直要玩的棒球，撥開星際大戰正邪兩方一幫要角，取出一具芭比娃娃，粉紅色曳地禮服搭配絨絨長毛白圍巾。

她不全然是錯愕，微笑看他捧著芭比那凡人絕無的腰腿比例，不太確定他眼睛朝她筆直放洩的電流。

傑洛米的芭比娃娃。她很快發現，相對於工作上的高度警戒、嚴謹，他對一己的私生活並不特意保密隱藏。被同事同行八卦的頻率愈高，他的身價愈水漲船高，他必然這樣沾沾自喜的認爲。

兩人藤纏在氣密窗下棗紅絲絨長幅椅榻上，就著巧克力、臘腸丁、蘇打餅夾鵝肝醬，一瓶 Rioja 葡萄酒，他漫談他的芭比娃娃。他髮裡海藻香，嘴裡雜食的脂肪油氣，窗上天色介於灰青與藍紫，隔著林蔭大道斜對面便是他辦公室所在的華盛頓大樓，夜空裡一碑雄偉的黑色剪影。

傑洛米特有一份說故事的魅力，說到窗玻璃罩上鏽濛濛的霧氣，分辨不出什麼時辰。他雙腳鉸著她腰臀，一手托腮，一手舉杯，總結：「To my dolls. But, you're the best.」她嘴苦，掰開他雙腿，掙脫坐起，胸前簌簌掉落一地的吃食屑粒，銀細銀細的像她掉了一嘴碎牙與鏽屑。她覺得非常的低賤。

不低賤何以知道昇華與沉淪是孿生？不地獄又何以知道墮落天堂僅是一張薄紙爲界？

芭比一號，阿妮塔，決定與他分手離去，一行紅淚從大腿內側淌至膝彎，遲到的經血，那麼鈍重的液體與空候。他目送，有點於心不忍，但阿妮塔都會女性的決裂，背脊挺得剛硬，他不宜干擾。二號的關，不似阿妮塔潔癖，嗜好幫他沐浴洗髮，放滿一缸暖融融的水，十指靈巧，而一對豐乳垂墜，稍使力便低盪。他埋首峰谷，舌尖甘醇，靜默中鏡子蒙上暖霧，水流迴旋。再抬頭，二號關大眼泛水，他溫柔抱起她，一起浸入浴缸，太溫熱的水就像一池的福馬林。關始終堅持不留宿，不在他面前大亮燈光下寬衣；服飾採購的職業讓她買成精也買傷了，只得繼續買下去。然而關只穿黑白灰三色，送他一件兩襟與背疏朗畫著莖葉全株水墨鬱金香的白襯衫，一朵竄高開在領子，而後每從衣櫃取出觀賞一次，她悔意就深一層。一個冬日下午，她穿著它伏臥在椅榻上，無限哀豔。他摟她，輕、冷而蜜香，掂掂她垂倦的手一似貓爪，覺得下沉。他一介男身陷沒在如此的女體流沙算不算惡德與喪志？沒有智慧的癡纏令關不快樂而他銳氣漸失。陪她去醫院，診斷是憂鬱症，軟弱蒼黃陽光裡，她顫顫的哭，一身燼餘的灰裹著一臉瓷白，怯弱得令人憎厭。物極必反所以芭比三號是雪兒，染紅棕的髮比他還短，唇薄嘴大，日日上健身房成了慣性，大量排汗，練就一身緊實的精肉。崇拜健身的延伸，雪兒唾棄有形無形的累贅，自豪細肩帶與二頭肌的加乘效果；腰椎處刺青一枚腐藍蛇杖，行路外八，虎虎生風。可惜了那雙櫥窗模特兒的美腿，屢屢雌雄易位驃悍的匝緊他，兩眼暴射精光。**I want to be on top!** 她喝令，鶴勢螂形。他猱身壓制回去。心驚他戳刺的可是蝕骨鉸肉的黑洞嗎，莫非有倒刺的肉鬚好似吸血蛭，直到他精盡人亡。雪兒不服，轟轟的像火山要爆衝，他鎖住她手腕，咬她的耳與頸。她就是不肯給他嘴。隱隱覺得不對，兩具身體摩擦又乾又澀。在雪兒包包裡他發現一撮頭髮，柔長波彎，很香。他去買了件蕾絲邊透空底褲，與那一撮秀髮一同放回她包包，雪兒自此雪融般消失。他想念她很久。艾茉莉，毛玻璃後的花影。艾茉莉，細長手腳恐怕一折便斷，甜而啞的童音喚他，噯，總監。嘻嘻，總監好。腮幫有蛛絲般青色微血管，指甲薔薇紅。茶水間相會，艾茉莉一頭撞進他胸膛。他扶住她，扶著一隻要被獻祭的純白羔羊。處女的寶血，處女的無瑕器皿，比任何豐豔女子更教他悸動。週末加班，下午艾茉莉精靈一樣來敲門，坐角落陪他，自然而然放縱微光與微香。處女寶血理當一如葡萄酒，開瓶後入喉前，需慎重守候的醒酒時刻。她伸直兩腳搖晃，若有若無思念，口中似含哺玉蟬。她拉他衣袖，說你沒去過我家，我要帶你去看看我的房間。日漚烝熟的那房間，窗外狹長陽台罩著鐵籠，擠掛著一竹竿曬得酥脆的衣服床單，巷弄的摩托車廢氣噗噗的漫上。他查過艾茉莉的人事資料，足十九歲了。漆亮天光裡，她的乳頭小得像母狗。他坐她床上，她屈坐他大腿上，梳妝檯鏡子裡她的背部顯得老大從容，房頂一角跳著陽光像一碗雞油。他圈握她雙手，以嘴幫助她呑嚥下那呻吟，只是溫存嗅著、鬍碴摩挲著，令她渾身抖顫像起酒疹。牆壁嗶剝吸收熱氣，他腦袋與下體充血得恍惚，但堅持還在醒酒時刻，不許躁進……實實在在告訴你 honey，忍耐犧牲是戴著修行者面具的貪欲，是爲了獲得更大更多，比你以爲能負荷的還更大還更多。我們其實已進入一個紀元降臨一個星球，愛，眞愛，爲稀有元素珍奇礦物，甚至較鑽石罕見。你要認清。所以仇恨怨怒是好的。因爲鄙賤所以吐痰那人臉上像蜂蝶在花蕊搓手搓腳，因爲愛而無回饋若石沉大海，必須相互糟蹋以成就生之烙印，因此孤獨時有以懺悔自身的貧與弱。所以赤裸的仇怨是對的，是暴行大義，世人無需再僞善僞證僞文明。就各自掄起刀劍，捍衛各自的涅槃。我忠實的呈現予你我發現的眞相，眞實如我誕生時的痛哭，蜜糖。……都忘了艾茉莉是怎樣淡去的，日推月移換季了，毛玻璃後的盆栽跟著換新。關。關。關之後寄來一封信，拆開只有一團紗布，滲著一片乾褐血塊。她自殺死了嗎？不可能，她不過是賭氣比較她粉藕手腕可會是嫩於豆腐而易於切割。關是在譏責他見死不救，無血無淚。鮮血流溢，有高音喧譁，應及時以口舌熱吻禮敬。左腕通神魔，右腕司瞋癡，對準星象方位踏正時辰劃開而劃出銀河航道。那麼他究竟飲到了艾茉莉的處女寶血沒？雄獅撕裂羔羊之日，他在慶功宴被灌得爛醉，不知怎樣被抬回住處，嘔吐之後的身體有蔭屍的陰涼與苔溯，有一雙細長幼嫩的手與腳貼著他的手與腳，夜色膠重乃至於不動，他覺得自己被圈套住，一條黃金與骷髏的祕道；被吸吮舔淨剩一副芽紅骨架。他聽到滿足的嘆息，有尖牙若針刺他指腹，有岩漿之物啪噠跌燙他胸腹，有幽藍影子覆蓋他臉如守靈，半空有獨眼夜鴉桀桀拍翅，他的聖女艾茉莉。

所以你是芭比五號，一塊冰，女冰。我常常覺得你是假芭比。傑洛米夢囈般說。

她在低賤中，若觀星圖，一切了然於胸。艾茉莉假聖女。他位於華盛頓大樓第九層視野極佳的辦公室，是他的假聖地，而他是雄姿英發的假聖戰士。

她是假芭比，假作眞時眞亦假，眞懂得服侍一位假聖戰士，微笑，點頭，傾聽，做他的心腹與左右手；他寂寞時，義無反顧的張開大腿給他消解，如此的輕巧、效率。

效率與溝通。他們辦公室以一環形通道爲動線，蛇頭咬蛇尾，鋪鼠灰與紫紅化纖地毯，平行著大塊長窗下樟與欒樹綿延的蒼綠。一行罪一行罰。

傑洛米行走時，永遠是氣勢洶洶，褲管鼓風，一步十斤重。旋風到另一頭，叩叩安琪拉敞開的門，陰滴滴的一句「親愛的」爲開場白。

有來有往，安琪拉踩著高跟鞋，顫巍巍如在花叢，十指尖尖凝紅，一路堆著笑打招呼，來到傑洛米門口，淩淩睃他一眼，蜜漬淋漓的也回敬「嗨，親愛的。」

但兩人互相在背後嘻哈的稱對方吃屎的，爛貨，種豬，賤人。傑洛米笑道，萬萬不可當面罵女人 bitch，因爲每個男人都是 SOB，狗娘養的。媽的那個欠操屄！安琪拉會俯撐在她座位的隔板上，遞來一疊文件，紫羅蘭色眼影發揚得眼睛更大更神采，定定看她，笑得她背脊生涼。臨走前還是放話，「嘖嘖，你老闆超屌，調養得你氣色之好。喂，不要獨占嘛，偶爾公休一天，也換別人用用嘛。」然後咯咯嬌笑，腰臀很軟很媚。

她耳垂燙得堪堪掉下。她不明白安琪拉那樣聰明精悍，不過卅五歲，專屬辦公室也有，配車也有，管理手下三四十人，一切在頂端，可她與傑洛米同文同種，隨時還要更大更多，隨時要鬥、殺戮、狠，殺人而不見血。

傑洛米於天鵝絨夜暗裡跟她告密，安琪拉有一對鹽水袋假乳。不，別誤會，是董事之一的彼得透露的。閱乳無數的彼得說，險險就被騙了，看著十分誘人，一摸手感有差。She is so fucking phony. 傑洛米咬著她燒燙的耳垂咒罵，像飽熟葡萄要掉落。整公司戲稱他與安琪拉地理上各據一角，左青龍右白虎，日互鬥夜相幹；其實論性情與才具，兩人絕配。She is so fucking phony. 虛假得令人作嘔。青白光冷冷懸著安琪拉幾將脹破的假乳，其上擠捏的正是傑洛米潔淨若玉雕的一雙手。他要的正是那種充盈確實的掌握，等於兩手滿滿的權力與尊榮，最好能自指縫滿溢，他得以嘻哈的與安琪拉相互敬語，垃圾，吃屎，公廁，賤貨，同性戀。

而你發願索求的不正是能說萬人的方言，流利的販賣物販賣人販賣信念，從中指揮稱王。

我若能說萬人的方言，那是什麼？妒忌，詆毀，冷漠，狂妄，驕傲，貪婪，但求自己的好，只計算別人的惡與愚，一如精算存摺上的結餘。天使的話語是什麼？我未曾聽過，亦不相信。我雖心嚮往之，但聽得見的已經聾了或啞默，其餘的當天使張口就有雷鳴海嘯，腦袋將碎裂，而乳頭流黑血。

傑洛米翻轉她，她將背與臀給予。啊背肌厚絨絨的神經苔原，他的手掌摩擦像焚風吹拂，燃燒脂肪，油汗泌流，如蜜似蠟。

一身肉覆蓋另一身肉，可算是一層聖殿砌疊另一層聖殿，豈有榮耀可言。

一身肉蒙蔽另一身肉，雖然各有警醒與睡夢的世界，又豈能抹去奴役的痕跡。

奔波於傑洛米的床與自己的辦公桌，她爲 Refresh 的企畫書奮戰熬夜了近兩星期。傑洛米將磁片交給她後便神出鬼沒，偶爾現身就是視察她的進度，一頁頁詳讀，修訂，補充，顯出稀有的耐心。

天光暗去，收不走的是窗下徐徐翻著的葉尖銀浪。

「來，我們溝通個觀念，看你能不能接受。我們先複習經濟價值 evolution 的四階段，從最早的 commodities 貨物，變成 goods 商品，進化爲 service 服務，再進化成 experiences 經驗，這很容易理解，但我覺得還有往前推進的空間，讓它進入人們心裡，成爲可以實踐與信仰的價值。從貨物到信仰，這裡隱藏了一個陷阱，也是最大的難題，我們如何得到精確的評估結果？我們建議的目標要落在哪個階段才能讓業主與我們得到最大的 margin？我不相信經濟規模在這個 case 是決定性的關鍵。我只是很困惑。彼得早上又跟我說，品牌要永續經營，個別的商品有它的生命週期，Bullshit！你要知道，從我手上出去的每一份企畫書，都是我的 credit，他大老土搞不清狀況就會屁話，我自己就是個品牌！」

「你還不了解事情的嚴重性，下週五陳總要與 regional 的詹姆斯一道出席，是陳總自己打電話去香港，邀詹姆斯來的。Once in a lifetime，千載難逢的機會。我一定要贏。」

「噢，Rosy，前兩天我在電視上看到一個老和尚講末世亂法四個字，我突然被電擊了一下，不是才世紀初嗎，可是我眞的覺得就是末世亂法，好像沒有一樣東西是永恆可信的。宗教與救贖可以被行銷，不稀奇，但我不相信虛無可以。如果我自己不能先堅定的相信，到時候我怎能大聲快樂的去推銷？」

「Rosy，我是不是開始老了？」

是夜，傑洛米召喚她，加倍賣力的討她歡心，強柔得宜的節奏一掃她多日積淤的疲累。他是懊悔下午的那一番示弱告白。

因爲軟弱所以可欺，所以是最不可恕的羞恥。寧可弒父賣妻，再辯稱是制度殺人，身不由己。

她離開辦公室時，整個部門燈火通明，兩台音響叫囂，人人眼球拉著血絲。走道上浮著夜塵與遊魂，隱隱拖著一軌的血一軌的淚。當獅子獵殺綿羊，狐狸追捕雞群，當有利爪的冷血的稱王。週一早上的例行主管會報結束後，傑洛米隨即召開內部會議，要求一週完成 Refresh 的企業識別系統設計，平面與電波媒體的廣告表現，至少兩套。一群人全傻眼。

「還是那句老話，chef and gourmet，廚師與美食家的不同就是美食家不必下廚，但他嘗一口就知道你們廚師的功力，而且他有權挑剔。所以拜託別害我，別讓客戶上吐下瀉。拜託。有問題，隨時找我。」

他很早就要求全部門每人的電腦安裝即時訊息聯絡的ICQ，任何人一開機，他幾乎二十四小時都開著的筆記型電腦馬上知道，監控自如。液晶螢幕右下角那一小朵八瓣綠花符號，倒映在他眼鏡上閃著幽燐冷光。「媽的史提夫那頭豬，現在九點不到就閃人。你看了他做的那幾張稿子，還沒畢業的美工科都比他強。」綠花冷光閃在他臉頰邊緣，在他鼠蹊毛髮裡如同淫痣，哦哦兩聲傳來簡訊，告訴她我的光頭弟弟好想你。又哦哦兩聲，光頭弟弟跟你叩頭敬禮呢，速來。

去或者不去。她以兩膝夾雙手，去，但她企圖阻止。感覺穢褻，像沾了一身的油膩。只有這一刻，她手挽皮繩，勒緊他頸子的項圈，暫時馴服他。

失之毫釐，差之千里。所以，關於Refresh做爲一個積極上市的品牌，但不是今天誕生的商品，最常犯的錯誤策略思考，即是反射動作般的將之定位爲女性日常生活用品，魯莽的將之女性化。雖然，Refresh確實有豐富的女性特質，也無疑的是日常生活必需的用品之一，一旦將上述兩個觀念結合，做爲行銷主軸，很不幸的所有的魔法將馬上消失，紅毯盡頭即是敞開的墳墓。Refresh絕對不只是女性的日常用品。

它應該是什麼？我們應該盡可能的賦予它全景觀的消費情境，想像它的神聖狀態。請注意，此時，Refresh是個等待灌入內容的觀念／理想，請勿停留在品牌／商品的思考層次。

Refresh，我認爲，可以是Mardi Gras懺悔星期二經驗，狂歡享樂的嘉年華後，就是禁欲的齋戒；外在感官享樂，內在清新。

Refresh，禮敬身心殿堂的柔性儀式。身心合一，同步被美化、淨化與昇華。

但切記，我們不應該與任何的神祕主義或宗教直接掛鉤。

更進一步說，Refresh可以讓你在自己的私領域——客廳、臥室、浴室進行El Comino de Santiago聖地牙哥的朝聖之旅。工業污染與大環境的惡化災難，這樣的持續警訊令人沮喪。然而返回自己的繭，我們仍可以主宰一己的生活空間。Refresh讓我們在繭居中，隨時行之的方便瑜伽，簡易禪，速成靈修。

或許有所質疑，是否有必要這樣的唯心化，奧妙化，神聖化？確實純以商品論，Refresh只有兩大類：1.天然原料之沐浴用品，如手工香皂、植物性洗髮精與牙膏；2.天然精油與香氛產品。所以，請假想你是一個普通的消費者，來到Refresh系列產品前，我懷疑你將會有瞳孔放大、脈搏加速的跡象。因爲它的功能與效益在一般消費者的經驗之內，認知之內，亦即消費者的購買欲心電圖呈水平的死亡線。你看到了，知道了，但無動於衷，不會購買。我們失敗，因爲我們沒有創造利潤。

我必須再次歸納強調，Refresh是個人的身體與心靈的綠色環保，也是美化、淨化自己的儀式，更是自戀、自我提升的柔性運動。其終極目標在建立一套

Refresh式純淨維生養生的意識形態。販賣貨物與商品不如販賣加值服務，販賣服務不如販賣體驗，而利基之最大者就在販賣信仰、價值、意識形態。

專櫃？專賣店？還是劇場般的情境賣場？——選擇決定Refresh經濟價值的通路模式。

依附於百貨公司或量販店的專櫃方式，我們將只能停留在商品的層次，被放置於達爾文式的叢林。尋找合適的商圈，並於其中設立專賣店，我們販售的是商品加服務，以及我們積極建立的品牌魅力；有誰不是這樣在做呢？但如果幸運的是劇場般的情境賣場呢？我們販賣上述所言，再加上『體驗』。一九九〇年代前半葉，台灣房地產的黃金歲月，其預售樣品屋是劇場式情境賣場的典範。不止是教育示範的功能，它立即給予潛在購買者充分的體驗與享受，製造神聖而感動的氛圍（aura）。請想像置身一間有如在普羅旺斯薰衣草田的華麗客廳，或是一間蒸著摩洛哥玫瑰、保加利亞玫瑰香氣的浴室，或是一間繚繞甘菊、天竺葵與檸檬氣味的巴洛克風格或極簡主義的臥室。訴諸感性的體驗，經由細膩且整體的設計、誘導，直接通往認同的果園；我們於是將豐收。

肯夢Aveda自一九七八年開始銷售植物性洗髮精，現在是年營業額一億美元的國際企業。英國的美體小鋪主要標榜綠色環保，六年内成長至四千五百萬美元。美容業巨人雅詩蘭黛成長最快的部門爲品木宣言Origins。美國的Tom's of Maine的純天然藥草牙膏，年銷售額兩千萬美元。

人死後一切煙消雲散，唯有味道與氣味能留下來，難以捉摸卻恆久忠實，像靈魂一樣在一片廢墟中堅持著記憶、等待與盼望。——法國小說家普魯斯特

氣味比聲音影像更能震動心弦。——英國詩人吉卜林

何種男人最具吸引力？……好聞的男人。——流行樂藝人瑪丹娜

你看見了神，你就變成神。你看見了你自己，你將變成你所看到的。

而我看見他的臉。我看見了我的臉，你的臉，並蒂蓮開，不出聲，不言語，等著分離或萎落。

我掩住眼睛，心在焚熱體內跳動。若有色。若無色。若有想。若無想。若非無想。

日何其荒而長，夜裡我何其沉溺於他，如蜂蝶之於花蜜，如蠅之於糞。

現在即是永久，而那永久即是虛空。日光亮，夜沉重，我的現在之身，你的現在之身，在最豐盛的頂端作伴，如日蝕，月蝕。從噴射機飛航的天庭高度，俯看一對蟲豸交尾，不也是極美麗的嗎。

而我終將看不見你，終將離開你，渡河或飛行器。枯焦的陽光地裡，你的黑影孤獨奔跑，其中有菌與黴，更有厚生繁殖的精蟲。你是在尋找水源或一雙乳房或一扇可以敲拍的門嗎？我知道你不只乾渴，腳底燙痛，擁有甚多而一無所有，芬芳的已經酸臭，閃亮的已經焦炭。獨自奔跑的旌旗之風，沿途丟棄你的靈魂之重，你曾經的赤子之心，純潔美麗正如百合。我拾起吃下。我知道你欲喊叫而喉嚨瘖啞，沒有水，沒有呼吸的人，沒有心。因爲求取太多太大，因爲不信不希望，而身輕如風，所以必得一再奔跑。但你從不恐懼憂患，一如你不知道你自己就是無垠的砂礫荒漠，豈有飛鳥曾經遲疑降落。

而我是曝曬其上唯一的骨骸，等著將你絆倒，請你以手掌與膝破碎的血流灌溉。

然後離開你，如一枚報廢的人造衛星寂寂漂離。

「Refresh 的 launch campaign，我扼要的說明。三個原則，第一，異業聯盟；第二，重點出擊，我指的是活動地點，不一定就限於 Refresh 的設點，所以這方面我需要安琪拉的協助。第三，所謂聲色之娛，對不對？因爲 Refresh 是非常訴諸感覺的，會很抽象，所以能結合戲劇、遊戲，記憶與刺激的效果才可望達到最大。有注意影劇新聞的應該知道台港日合作的一部新電影，男主角是經營薰衣草、玫瑰種植的企業家第二代，我跟陳總花了三個月時間跟電影公司已經談得差不多了，我先透露一個，首映及上映時間，我們會在戲院裡薰蒸精油——隨電影票送 coupon？這種點子三歲小孩都會，現在不要提這種細枝末節。

「全省北、中、南及東部，我們要很快找到幾個很不錯的點，然後企畫籌備幾場歷史劇的場景，我舉個例子，埃及豔后在亞歷山大港乘坐杉木船迎接羅馬大將安東尼，她運用大量的純天然沐浴用品、香水、香氛產品達成美人計。所以，媒體方面的造勢、宣傳相當重要，親愛的安琪拉，I need you！」

傑洛米語畢，往椅背一仰。午後悶雷遠遠的開始恫嚇，圍著長桌而坐的一圈人，臉上罩著晦色，唯有安琪拉一身乳白褲裝，光暉曖曖，疊腳凝坐，紫紅指甲尖刮著窗玻璃。窗下樹巔的葉浪湧動，如被隆隆雷響翻攪。

安琪拉甜笑著說：「意見我們不敢有。你這份企畫書簡直是perfect，有誰敢不兩肋插刀鼎力相助嘛。唯一我concern的是陳總底下那批人，嗯，怎麼說，非常的Apollonian，好聽是乖乖牌一板一眼，其實呢官僚氣滿重。」

「這就是我們開這個會的最主要目的。你們是我心目中最棒的Dionysus，Apollo加Dionysus，我們打遍全台無敵手了。所以，眞的，有請諸位酒神！」他雙手合拱，空中一拜，眼睛卻焦點在安琪拉。

安琪拉右手翹蘭花指軟搭胸口，做了個俏皮的嘔吐，「那你一定不能漏了彼得，他還囤積了好幾貨櫃的紅酒呢。」

滿室爆笑，突然一道青白寒光狠狠鞭了每張頭臉，才轟轟炸開好大一個霹靂，人人胸腔餘威嗡嗡。只有他與安琪拉互望著，毫無懼色。獅王與蜂后。

安琪拉手下的薇薇安小心慎重的提問：「也許我問得太早，但我想先知道，你對Data Base的看法。」

「暫時我不打算用，但是要有準備。所以，考你一題，American Dialect Society二〇〇〇年選出的年度字眼是……？」

安琪拉踢了踢疊著的右腿，「哎、喲，我們不學無術的，別考試了好不好，傑洛米教授。」

「S、H、E。」他嘬唇吐字而眼神褻玩如同在她們下體吐納。「這樣心裡有數了吧？」

薇薇安刷的羞紅了臉。漲紅瞬間，啪的一記響板後，急雨亂軍傾瀉，帷幕窗淋滴成一窩窩水蛇，一屋人慌慌的欲撤退，傑洛米眉目飛揚的發號施令，史提夫我們四點再『瞇』一次，通知阿芳他們一起，OK？然後轉向她，嫌礙眼，Rosy, excuse us. 冷雨敲蝕玻璃，和著氧化硫的冷雨，落力重而痛。

她覺得低賤如昔。爲他們開燈，爲他們關門，門一寸寸闔上，安琪拉笑得何其燦爛，極無恥的目送她。

上帝雖關了你一扇門，必定會爲你開一扇窗，你信是不信。

趕完了那份企畫書，傑洛米緊接著要她幫忙整理他的 resumé，再三叮囑機密行事。他的個人史編年得相當周詳，環環相扣，不卑不亢皆指向一個事實，他的才智經歷不是憑空掉下，他所學所思無非爲了一個使命，爲企業體創造不同。創造不同，I'll make difference. 她食指撫摸那字，何其燦爛震撼。她看著傑洛米在字裡行間完整的誕生成長一次，骨骼抽長，肌肉豐實，血液熱熱的流，然而將是妖魔或是救世主？另一方面，他絲毫未鬆懈的鞏固著與陳總、彼得的關係。打高爾夫，參加某當紅政要的壽宴，以及一張門票數萬元的某國際級管理大師的演講。他帶她出席了兩次飯局，在一家老字號的日本料理，總是侷在三件頭西裝裡的陳總，方正拘謹，眈視她時卻直接不閃躲。她低眉斂目跪在榻榻米上幫他們斟溫暖的清酒。她自覺的夾緊大腿，恨不得能像鉗子再夾緊一些。傑洛米夾起兩片碧綠的紫蘇到陳總碗裡，諂笑勸說，這對我們男人身體最好，千萬不能浪費。拍拍她手腕，來，跟陳總敬一杯；陳總你眼光超利的，Rosy做我助理眞的是大材小用。有物若蛇腹劃過她腿側。爲刀俎爲魚肉不過一念之差。她突然明白傑洛米帶她來的用意，但不激動不受辱，將那小巧瓷杯置於掌心轉，心想，何妨我是猶大，是阿里巴巴的廚娘，是他們的玩物也是使徒，何妨呢，有什麼差別，說不定她擁有的將與傑洛米一樣的多。於傑洛米她是一件貨物，可用也可隨時丟棄；於陳總她可以是服務或體驗，甚至是他生命價值的一部分。雖然無可信，但她有希望在自身。再將瓷杯轉一圈，何妨呢，這還是個滿好的世界不是嗎？她突然任由大腿肌肉放輕鬆，抬頭，像第一次見傑洛米那樣，向陳總綻開一朵處女般清純的笑。

傑洛米與史提夫、阿芳足足開了五小時的馬拉松會議。他們做的，他無一滿意，全盤推翻。索性集合了全組人，從 position 、 concept 一項一項重新討論。她進去請他接了兩通緊急電話，地上遍布他們一週來不眠不休的心血，貼在黑色裱板上，他視若無睹的踩，用他腳上 Ferragamo 的鞋。他背後有幾雙眼睛趁機亮起怒火，藍嘶嘶的燒。

她心上掌心一隻螞蟻爬，有預言與異象呼之欲出。

傑洛米替她說出口時，他正開車上大屯山。「媽的一群酒囊飯袋，還跟我強辯，我就要他們拿出工作卡，白紙黑字我寫的，一項一項來對證，最簡單的 Tone and Manner 我是怎麼要求的?不是去夜市擺地攤!我問阿芳，你自己是 JOYCE 常客，你這種 C I 設計，你會不會多看一眼?狗屎都比它好看。」他重擊一下方向盤，「愈是重要的 case ，愈是跟我作對。我說再給你們四十八小時，再拿不出東西，大家都會死得很難看!時候還沒到，你看著，時候到了我就通殺，一個不留!」

車子在路況良好的柏油山路騰升，樹影若絲綢，午後的雷雨將盆地淘洗得異常潔淨，毒煙濁塵俱無，一城的燈米粒大，草木馨香裡，顆顆吉光喜氣，一片美景順著淡水河平鋪至出海口。

傑洛米嘿嘿笑了，「彼得說溜了嘴，洩漏了一個祕密，沒什麼人知道，安琪拉跟 regional 這次要來的詹姆斯，關係好得幾年來一直沒斷過。看不出她這麼戀舊，而且胃口眞好，中餐西餐都吃。裙鉤鬆，畢竟還是好處多。」

他樂得眉彎眼細。那詹姆斯兩年前出過不小的紕漏，給下放曼谷，兩年來鍥而不舍的賣命表現與疏通打點，總算翻身。陳總呢，一向崇洋媚外，金毛肯定就是比黑髮上品，所以詹姆斯屆時美言一句，勝他強銷一百句。所以他無論如何得下工夫抱住安琪拉大腿，舔她腳趾都可以，今天分她一杯羹，明天才可望捧到一海碗。還有，還有，陳總的企圖心大家都小覷了，Refresh 先期產品只是第一步，包括農產品食品的有機飲食，生化科技研發的醫療食品，才是野心與夢想之所繫。想像一個行銷販賣天然、純淨、健康、美麗、長壽的大企業，市場與價值可望擴張涵蓋全球華人，甚至更多。還有還有，陳總酒後吐實，他父親及兩位兄弟在北加州已買下一大塊農業谷地，只待我們美麗的寶島加入ＷＴＯ，陳家農場就可對台直銷直營來自美西的有機食品，不使用化學肥料、農藥、生長劑與荷爾蒙，一如來自伊甸園。我說，陳總，有機食品與慈善團體與贖罪券的概念串聯，你覺得怎樣。他聰明人而我只在他之上，馬上看出他雙眼一亮。哈哈。還有，最重要的是安琪拉與彼得到目前爲止對這一切一無所悉，等知道了爲時晚矣，我等著他們姦夫淫婦來跟我彎腰來低聲下氣求我。

山路盡頭，鐵絲網裡看似一處軍事基地或觀測站，頂著天空的水泥柱安置著大鼓似圓物。她撳鈕按下電動車窗，鮮涼山野氣息沁入肌膚，眼下一坡的蒼茫草海，夜暗裡鼓浪興波故作席捲之態駭人。傑洛米熄了引擎，欺壓上她，食指撫挑她臉頰，猥聲問有沒有做過車床族啊。她按住他賽似女子的綿柔手，偏頭望窗外，一任他喃喃著春秋大夢，陳總很欣賞你，打聽你好幾次，嗳，我做到了 **Refresh** 整個 **regional** 的 **controller** 好不好啊，到時候隨便你要什麼，隨便你要什麼，嗯。

一任他覆握耍弄她的胸，並摸尋乳上那一顆慧黠的硃砂痣。而海島北端的山勢起伏如龍蛇走，如有大神力，冷冷諦視一城細碎米粒的燈火。但一夜之後，明朝又是毒煙濁塵。

而你在其中以處女與靈長類以先知與奴役爲人牆，築高高的塔，點七盞火燈七盞琉璃燈，養大如獅熊的犬，你大笑以珊瑚枝還是窮人的肋骨剔牙齒，赤足踏在童女的雪白蓓蕾胸上。當你躺下枕著白玉床，衣上有日月的錦繡。

而我低賤，低賤不得人語。所以看見火，綻開重重疊疊的複瓣，成爲一台瓷青蓮座，於夜將盡的高樓峽谷呼嚕呼嚕圓滿運轉。

我看見火。

心火。

而傑洛米以唇舌含住她耳朵，如蛇信欲舔其腦髓，她突然覺得自己的胸乳與心皆空，那樣的空，那樣的清涼。她推開傑洛米，打開車門，雙腳觸地，海島北端以至於大海其上，青光霍然皎亮，天地變臉，惶然裂開。

而一城細碎米粒之燈，她在其中暗晦，赤身裸體醒覺，細細流著處女寶血，綻放長生與安息的玫瑰芳香。

千禧年的熹光與微熱在前方等待，嗜血的緋紅。

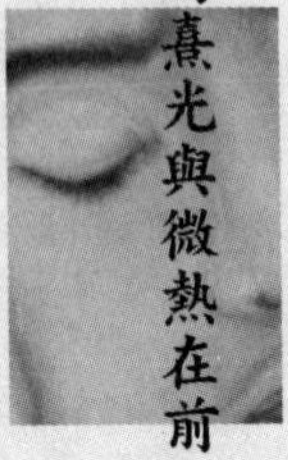

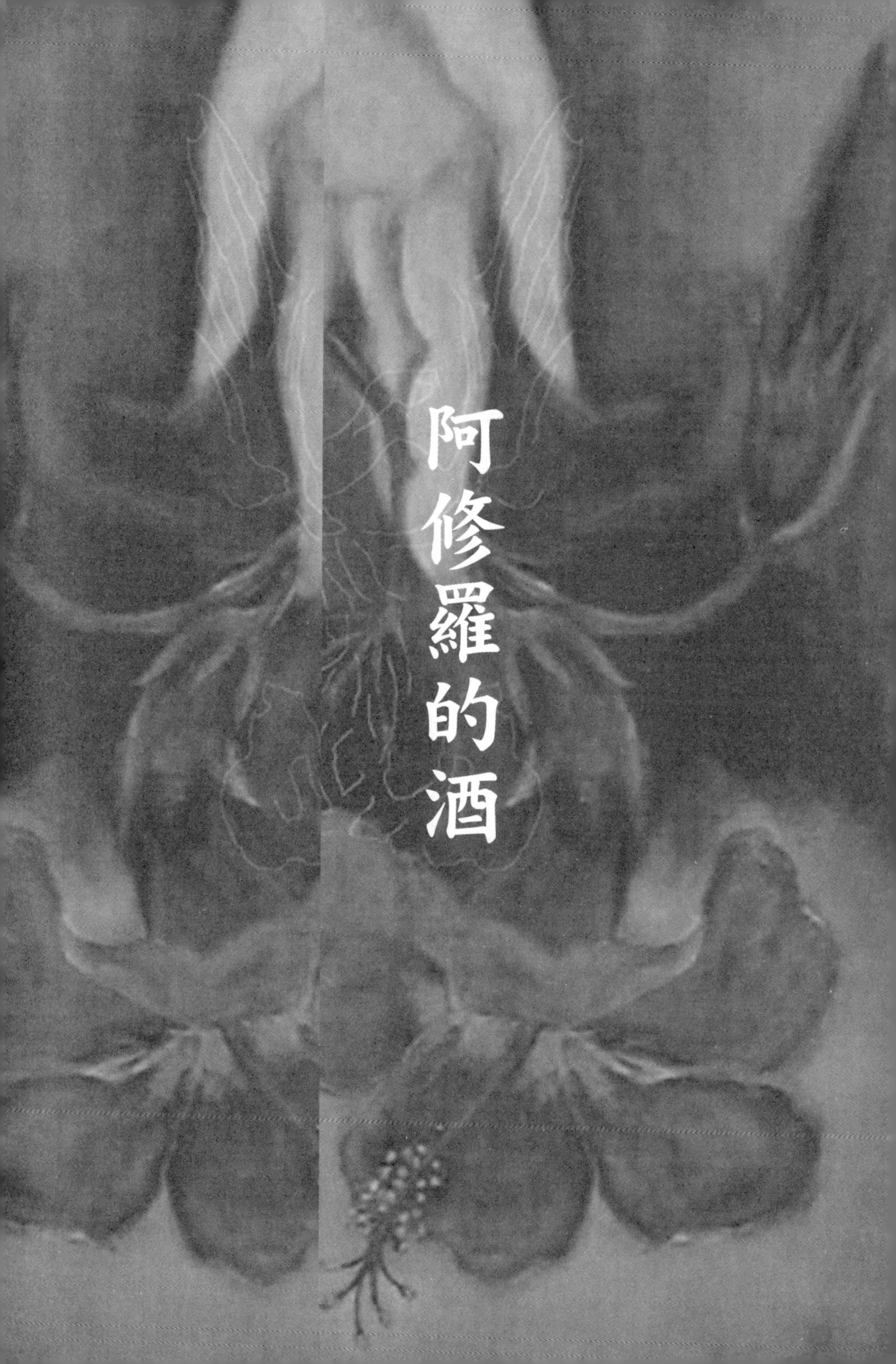
阿修羅的酒

今年房地產百億個案銷售三冠王
林容平挑戰成功房市超級夢想家

「Mr. Why Not，我們更喜歡這樣稱呼他。我覺得這外號比叫林總更傳神的點出他的人格特質與領導風格。林總可以說是我見過的經理人中最聰明也最大氣的，對市場的敏銳度很利，擅長另類思考。時常我們會議中一屋人乾瞪眼，林總進來，一下就切入問題核心，做出很棒的決策。你一定要找機會親眼看他講『Why not?』那種耍帥又很酷的調調，比周潤發還迷人呢。」身裁嬌小的資深文案江曉芙，隨口說起Mr. Why Not，眼神流露著小女生崇拜偶像的熱情。

「房地產代銷業的本質是像拳擊場的肉搏戰，每個個案一公開，就是搶時間的百米短跑，如何在一兩個月內炒熱，衝出漂亮的銷售數字，是成敗關鍵。所以它的行銷策略與手法必須傾向於短線操作，才能立竿見影。主其事者也必然的具備濃厚的賭徒性格與草莽氣息。無關褒貶，這種特質放到一般的企業體，稍加修飾，我們會說是決斷力、魄力、親和力。我覺得林總不論你將他定位爲經營者或是成功的生意人，他最令人期待也最本土的特色就在這裡。」曾經跟隨林容平做了五年土地資源研究開發的杜忠平，不卑不亢的提出他的觀察。

帶領麾下七十六名員工，以「愛情海」、「華盛頓莊園」、「森之國」摘下今年房地產個案銷售前三名，創下總銷售量三百億台幣的耀眼成績，夢想家廣告的總經理林容平成功扮演總教練兼主投的角色。

其實，盱衡國內整體環境，一年來暗潮洶湧，而房地產景氣七年一循環的理論，上一次的高峰在民國七十八年，理論上兩年後才是下一波的復甦期。林容平逆勢操作拉出長紅，一時讓業界驚佩稱奇，爭取與夢想家廣告合作的地主與建設公司蜂擁而至，讓這位傳奇人物般的 Mr. Why Not 講啞了嗓子。

林容平表示，從民國五十年迄今，房地產有四次的高峰，分別發生在五十七年、六十三年、六十九年與七十八年。它們有共同的主客觀條件，經濟年成長率突破十％，ＭＩＢ年增率高達二十％以上，民間的財富與積蓄可說是滿溢至無處宣洩，形成如同長期壓抑後飢渴狀的賣方市場。然而當我們的國民生產毛額（ＧＮＰ）突破一萬兩千美元，國人對不動產的觀念已經默默的在質變，市場結構悄悄的在起革命性變化，譬如對建築美學的需求，譬如對房地產附加價值的考量；購屋的理性與感性要素並重，買屋人主動的衡量其價值次序，休閒、養老、健康、景觀，或是提升身分地位。

「解嚴後譬如大量的出國旅遊讓國人眼界大開，很多人終於發覺，我們的都市景觀好醜。房屋、建築不就是都市景觀的第一要素嗎？如果大家能多注意到夢想家長久以來對推動國內建築美學所做的努力，而不只是我們今年的總銷售金額，賺了多少錢，我會覺得更高興、更有意義。」林容平感慨的說，「我是土生土長的台灣人，我熱愛這片土地，即使碰到中共飛彈威脅，我也從沒有移民的打算。我每次陪地主去看地，當對方意氣風發指著這裡那裡說都是他的，我心中總是疑問：憑什麼這樣認為呢？土地當然不是你個人創造的，善用或糟蹋只是一線之差。」

在夢想家員工眼中，林容平開明幽默，擁有高度的領袖魅力（Charisma），工作起來衝勁十足，經常帶頭連續奮戰三天三夜，累極了就沙發上小睡一下。案子到手或銷售成功，班師到卡拉OK慶祝狂歡，大夥擁抱著齊唱林強的〈向前行〉，有幾次甚至集體high到痛哭流涕，締造一種又是家族親情又是革命同志的情感。從業務員做到經理的劉昌明說：「共苦不難，但要同甘到喜極而泣那種交心剖腹的地步，除了林總，我沒有遇見過第二個。」

不久前過四十歲生日的林容平，當記者問及他的成長背景，像觸著隱痛似的他沉默了兩分鐘。記者轉而問成長過程有任何影響他特別深遠的人或事？他笑答：「混沌理論聽過嗎？亞馬遜雨林的蝴蝶搧了搧翅膀，影響了華爾街期貨市場的小麥價格。」

林容平幽幽的回憶起他小學畢業那年父親生意大失敗，舉家北上躲債，他母親在中山北路幫傭，寒暑假他尾隨去打工賺學費。所以從小他就深刻體驗到在貧窮裡掙扎與仰望財富這兩者之間的撕扯。艱苦催人早熟。民國五十七年，派駐越南的美軍創下超過五十萬人的最高紀錄，台灣酒吧業因此盛極一時，台灣婦女以皮肉大賺美金的同時，林容平與他母親算是間接的受益者。

林容平記得當年打工的老闆姓馬，很欣賞他的機靈，常差遣他跑腿，有時教他英文。「我十四歲那年的除夕，家裡窮得沒年夜飯吃，那位馬叔叔塞給我一個紅包，順便告訴我一個美國玫瑰花的故事。他問我爲什麼美國玫瑰花特別的大朵美麗，是因爲成長的時候它周圍的小芽苞被犧牲摘掉了，剩下的得以被栽培出衆。馬叔叔告訴我，小朋友，記住，要做大朵芳香的玫瑰花，就要避免成爲被犧牲的小芽苞。然後，我看著他坐進黑色轎車離去。要等到十幾年後，我才知道講這話的原作者是美國的首富之一，洛克菲勒。」

這樣的自述某種程度印證了同業流傳對林容平的作風批評。其中最耐人尋味的是形容他最擅長「截拳道加綿裡針」，前者快狠準，後者城府深沉。爭取客戶時，林容平的守則是「永遠早對手十分鐘到達，而且晚十分鐘離開」。一位不願具名的同業就不客氣的指出，林容平常常「破壞行情」、不遵守業界的遊戲規則，永遠爲自己尋求最有利的位置，甚至挾購屋者逼迫業主讓步，玩弄合約於股掌間。

對此，林容平反駁，「什麼叫做創造買賣兩方雙贏？代銷業基本上是 broker、

也是 **agent** 的角色，我們的功用就是妥協雙方，找出平衡點，讓大家都是贏家。不明白這點，而訴諸泛道德攻擊我，我不接受。」

林容平不諱言早年的貧困讓他「烙在大腦皮質上的危機感比一般人強十倍」，但隨著事業上的斬獲，他在生活品味上的大幅翻升更是搶眼，與藝術文化界菁英人士的交往日漸熱絡，飽受薰陶的結果，他現在規定自己每週至少觀賞兩部大師級電影，目前最喜愛的導演是奇士勞斯基與侯孝賢，一談起熱戀中的葡萄酒，他一雙凌厲霸氣的眼睛竟然孩童般的燦亮起來。……

※

在務實與理想間　提升自己

……

答：我承認在這一行我的機運還不錯。但是，有幾人看過我在打拚、落魄時的慘狀？機運是什麼？機會與運氣嘛。這得分兩個層次，在我這一代之前的二三十年，台灣以勞力密集的加工型經濟奠定了一個相當粗勇的底，然後整體的財富累積到八〇年代，匯成一股驚人的爆發力，我算是藉著這股力量、時勢造出來的英雄。但今天之前我走了十五六年，也就是說我準備、用功、努力奮鬥了十五六年，通過沿途每一個淘汰的關卡，你認爲我只是機運好嗎？我必須指出，當初跟我一起出發的有多少早已「陣亡」了，競爭絕對是殘酷的。更重要的是，機會確實是在那裡，你能看到嗎？看到了，你搶得到嗎？到手了，你會用嗎？

問：你所謂的機會，我覺得主要來自於政府土地政策的全盤錯亂，導致土地全面的快速的商品化……

答：可以同意（笑）。有幾個數據我現在仍然背得出來：民國七十八年，百分之三的戶數，擁有全台二十七%土地；八成以上的私有地，掌握在三成的人手上；而全台擁有十棟以上房屋的爲三千多個人。所以，的確，這是一場豪賭，一座冒險家的超級樂園。Welcome everybody. 我個人的選擇是進場一搏。很幸運的，我贏了。

問：和其他公司相比，夢想家獨樹一格，在行銷企畫與廣告包裝上有著強烈的人文氣息，爲什麼你要這樣堅持？

答：很高興聽到你給夢想家的正面評價。我想上一段話可能讓你不舒服，我接續回去多解釋一下。當年的狀況，我是生意人的身分置身其中，清楚看到、感受到浮現的商機，那是個財富重新洗牌、再分配的局面，也是一場赤裸裸的搶錢戰，許多人莫名奇妙的一夜致富，當然也有許多人背了一屁股債，兩者都可能只在一夕之間發生。我走過來，累積了一些實力與經驗，也許人到中年吧，會開始思考做些有意義的事，是否能夠發揮影響力？我個人相當敬佩的現代建築教父，華德葛羅培說過：「創造與對美的愛是快樂的基礎。」土地資源有限，而建築的壽命長達數十年，甚至超過百年。我們那麼辛苦的創造了經濟奇蹟，代價難道就是得忍受居住環境的粗鄙醜陋？建築當然可以是立體的詩畫音樂，也當然可以是美與感性的生活空間。我要做的是讓夢想家在賣房子的同時，喚起大家對土地的敬重，以及對建築美學的重視。

問：關於這兩點，你覺得是我們社會長期欠缺的？或是原本有而被拋棄的？

答：我沒興趣追究，也覺得追究這種問題沒有意義。

問：我要提一個較尖銳的問題，大眾普遍對房地產的印象就是暴利與炒作，雖然有些學者客觀的指出這是果而不是因，但這行業總之是嚴重的侵害了社會正義。你對這種共犯結構的評論有何看法？

答：既然是原罪，除了懺悔贖罪，沒什麼好反駁的。可是，我們要不要深入的探討這個共犯結構到底有多龐大？除非共產國家，或是吃大鍋飯的體制，每個區域的經濟發展到某階段，都一定要處理土地私有化的問題。你說的公義公平，可能是我或任何一人的責任嗎？我可以很輕易的批評，譬如容積率管制，是都市發展何等重要的政策，與土地問題關係重大，近的日本、新加坡，遠的像英國，早在一九六〇年代就實施。你去看看我們的容積率政策與它衍生的問題，叫人吐血，誰的責任？既然公權力機器運作不行，回到市場與競爭的層次，我覺得整體不失其基本的公平。這世界分兩類人，喜歡賺錢與不喜歡賺錢的，但主觀意願下，必須還要有能力、方法與足夠的智商，才會有結果，純粹靠運氣或福報得到聚寶盆的時代早已不存在，你要就必須去找，或者創造一個。我再提供兩項數據，日本在泡沫經濟顛峰時期，估計要一家三代才得以償清房貸；現在同級的豪宅，香港的價格平均是台灣的四五倍。我的意思是，你是要提倡社會正義，還是慶幸我們仍有很大的空間等著我們去努力？

問：據聞你現在閒暇時熱中於葡萄酒，而且頗有心得，準備跨行做葡萄酒買賣。

答：我最近跟一位藝術史的華老師讀書，他告訴我美國第二任總統亞當斯說，爲什麼我們這一代要這麼辛苦？最主要還不是希望下一代能有機會學習美術、欣賞舞蹈。我就跟華老師 argue，培養對美的鑑賞不應該等到下一代，爲什麼不從我們這一代就開始累積。我不只熱中品嘗 wine，任何美麗的藝術的事物，我都非常願意學習、親近。最近我就迷上王羲之的書法，他的〈快雪時晴帖〉，眞是風流瀟灑美極了。我笑我自己附庸風雅，現在居然聽到漲停板這種話開始會覺得

不耐煩。（大笑）

——節錄自《Money & Market》，一九九五年十二月號

※

09:45 a.m.，微雨，華盛頓大樓九樓。

世紀末第一個安息日之後的第一個工作日，沒有日出，不見太陽，陰涼雲影。

安息日之前，美國道瓊工業指數以11497點封關，香港恆生指數以16962點封關，日經指數以18934點封關，此三大股市全年上揚百分之二十五、六十八、三十六，多頭行情轟轟烈烈延燒全世界。台股延續去年旺相九九全年股市上揚三十一點六%，今日開盤跳空大漲兩百點，第一個小時的交易量可望突破一千億台幣。

千禧年的熹光與微熱在前方等待，嗜血的緋紅。

我將耳機與卡拉絲女神收進背包，出電梯，踏上黑色大理石地坪右轉，清澈玻璃門後的高腳几上獨坐一大甕報歲蘭，一朵朵從七分滿開到十分滿，芳香撲鼻。軌

道燈直射壁上斜簽的英文字，ICON marketing & media，金黃流鑠。

待總機小姐通報妥了，再右轉，走道盡頭，立著一尊高大的身影，逆光，感受得到他輻射出的期待與笑意。我還敏感覺察出笑容之後混合鋼鐵與狼虎的意志與氣息。

甬道牆上沿路裱掛廣告平面稿，一行類似精神口號的文字，大意是：世界上只有一個市場，賣出；只有一種消費者，購買者。

「這一回該怎麼稱呼？Mr. Why Not，林總，還是林董？」

「Peter，入境隨俗。董事不等於董事長，叫錯了，當心整層樓鬧地震。」

我恭敬道，「莎士比亞名句，玫瑰即使換了名字不叫玫瑰，依然芳香。」

林容平欣然頷首，讓我進他辦公室，凝練簡約，幾乎沒有多餘布置，三件一組黑皮沙發，稜線切割嚴明，通體鋁銀一盞細瘦立燈，水平垂著蛋殼白窗簾。

「中年轉換跑道的心情你恐怕還不能體會。Middle-aged crisis。」

「可我覺得是人生歷程的 upgrade。」

「那麼我是升等到商務艙還是頭等艙？」林容平微笑，因爲營養飽足，整張臉鼓實不生皺紋。「我思考了好久，我的傳記就從中年升等、轉業切入，你覺得呢？就像溫某人他從電子計算機OEM起家，轉型成爲全球筆記型電腦的供應商，現在是知識經濟的意見領袖。我覺得將我框在 sales 是不公平的，我一直是個創意人的角色。」

他探照燈似雙眼銳利的射著我，一如九五年的訪問時強暴般看我，然後快快收斂，一瞇，溫柔一笑。電話裡他爽朗誠懇的說，來幫我寫本書吧，你當年那篇採訪寫得好極了，年輕人，你努力十分，應當得到二十分的報酬。我在九龍海港城裡緊握手機，掌心冒汗。幾層樓加起來的面積大概有三個足球場的購物商場，店員比觀光客多，都說香港傳奇已經掀到最後一頁，夜晚的上空是曠靜的，果然是吃盡穿絕，能落跑的絕不戀棧。幾曾料想到張牙舞爪的香港會衰成這樣的垂垂老矣，失業率與禽流感浪奔浪流。

我取北京道轉彌敦道上溯，傳言九龍公園下有祕道。當晚在旅館傳眞兩頁給台北的林容平，滿紙天花亂墜，我完全知道要在第一行就震懾他。

非權貴階級、庶民（普羅）傳記的心理結構，與群體欲望的投射。此類傳記要言之，傳遞《讀者文摘》式的勵志啓發與美國夢般白手起家的致富訊息，二者缺一不可。啓發不是教條，而是無負擔的溫馨小品；訊息等於成功經驗的傳遞。如此，才可能獲得最大公約數的認同。但群眾認同的心理流程是弔詭的，既要傳記主人爲師法對象，仰望之，又要與之平起平坐。您的傳記應該是一種均等主義的推廣。不同於向結晶化社會結構的既得利益者怒吼：「爲什麼輪不到我！」我們要喚起的同理心是「下次遇到相同的機會，我也可以這麼做而得到成功！」黛安娜王妃只能是神話，而林容平傳記包含的是普世價值。

初步歸納與建議：

一、新好男人，新新人類，台北新故鄉，新中間路線；喜新厭舊，誰敢曰不宜。所以我們要創造一個「新商人、新中年」的寓言，甜美，光明。中年的苦感與焦慮，點到爲止。

二、在第一條的基調上，我們要展示四十歲世代累積足夠的資本所以得以「擴展、玩樂人生的層次與精采度」。Attitude talks.

三、請警覺房地產與小白球同等的橫征暴斂形象，所以請準備充分perform行銷人／創意人的掙扎奮鬥的心路歷程，反省、懺悔之內心獨白絕對必要。

請林總參考，若同意我們再面議後續動作。

我的後續動作主要是指版稅的拆帳，雖然是捉刀的 ghost writer，我不要稿費，我要爭取的是五%的版稅。我有把握五%換算實際金額起碼是稿費的十倍，夠我買下一套夢寐以求的 Bang & Olufsen 基本型音響，或者讓我去紐約逍遙一整個九月。

從一九七六到一九九六共二十年，全台土地交易的總市值爲十兆三百億元台幣，不包括地上建物的價值與買賣金額。我想要的五%相較之下卑微可憐得毫不足道。

「寫的部分如果 Peter 你可以放心，我覺得更重要的是將來怎麼賣這本書？」

「先聽聽你的想法，有腹案了吧。」

林容平拳左手，賊亮黑眸一半盯指尖，一半凌凌虎視我；然後右腿抬放左膝，腹背斂沉，腳一搖，胯下鼓凸若一丘墳，一囊蛆，若刀藏鞘，斧待殺。

嗨，老狐狸。同行好友老蜜說，據她多年採訪經驗，企圖心強旺的生意人普遍患有舞蹈症，他讓你一步，你理當識趣退兩步，尤其要看懂他前進時的弓步，下沉與迴旋。多謝了，老蜜。

「林總這幾年在藝文圈的人脈應該可以驗收了吧？」

「嗯，怎麼講？」他眉毛一挑，看似不悅，瞳仁卻有火苗竄高。

哎，老狐狸。我從筆記本抽出一張紙，謹慎的呈上，「只是雛形。」

他放下右腳，雙手按著紙，讀得專注。

一陣陰風咻咻吹起一把雨針刺在落地窗，一嘘清錚。他兩腿大張成一弧彎，貪婪究竟是福根或禍根呢，有比胯下更不饜足的欲望吧。

如果將一囊一棒的生殖器割了，而欲的元神強悍若幫浦藏在心器深處。而你附身於我寫出的傳記，何必是一本書呢？何不定位爲心靈的健康食品，易開罐的機能飲料，週末行的國民旅遊，清貧體驗的靈修。

林容平抬頭，眉眼都是笑，「嚇，你眞的準備把我製成活標本賣了。」

我弄臣似的諂媚，「其實，林總現在的境界我還必須再用功琢磨呢。」我後退一大步，讓他舞前。當音樂揚升，謝肉祭或安魂曲，是人狐或人虎，都請脫掉衣服好像赤嬰以便我看清才能夠落筆成字。你有了財富，就以財富買名望；名望到手，再以之鞏固壯大財富。而所謂名望，是虎斑屍斑或是戰鬥傷疤。

「如果一切你都同意，我想有必要先簽個約。」

「你寫過來，我給律師看看，沒問題就簽字。」

我笑了，五％到手了。「忍不住要先問，林總怎麼會想到入股ICON的？」

「主要是時機正巧成熟了，與我個人的生涯規畫match。兩年前我就判斷房地產玩不下去了，除非到對岸去重起爐灶，那也差不多是整套know-how再搞一次，我已經覺得太野蠻太粗糙了。我兩岸三地四五年跑下來，」他嗯呵清咳了一下，「感覺畢竟台灣的心臟特別強，人也最有 energy，而且基本功都上手了，這整個華人區域的垂直整合太迷人了。我們口口聲聲大陸妹，可是你看王菲到香港洗洗，再來台灣浸一浸，市場吃到日本去。這背後的操作太好玩。」

「我的想像是，從北京下走東南沿海再到港台這條縱貫線上的都市串聯，用相同的商品抓各地的消費屬性與模式。這件事，具有開創性的歷史意義。ICON與我絕對不會在這個點上缺席。」

「我現在同時在讀胡雪巖、杜月笙、德川家康與孫正義。我是相當用功的學生。」

「佛洛依德在十九世紀末形容巴黎是精神流行病與集體痙攣，是巨大而華麗的獅身人面獸，將無法回答謎題的異鄉人都吞噬了。我跟一位華老師談過，消費與商品正是精神流行病與集體痙攣，城市是它們的舞台，也是藥方。」

「聖誕與年節假期走了趟土耳其，去了藍色清真寺與棉花堡，渡過博斯普魯斯海峽，原來還有另一個東方。」

我奮筆疾書在筆記本上，以速記員與祕書的專業姿態；在低頭振腕與仰臉迎視林容平以資鼓舞的擺盪中，光暈似的昏眩，突然的熱流在肚腹湧起。有工業音樂的金屬鋼鐵碰撞，他的臉後退再後退而焦距明晰無比。我覺得是拿著一面稜鏡而不是紙筆，被邀請進入一座昏暗的鏡宮，每一片塗著水銀的玻璃後有著華麗而碩大的陰謀，有手粗厚龜裂拍打鏡面，銀光戰慄。林容平的嘴持續的開合，水族箱的魚唇。我開始冷而發抖，期待暴風震怒撞破玻璃窗，嘩啦的粉碎聲，割斷褻瀆語言者的頸子，切痕平整。

※

MEMO　1月8日

吃肉的牙長在嘴裡。

吃人的牙藏在心裡。

連續三天與林容平密集商談，主要是決定傳記的架構、各章梗概與整體的調性、態度，其次是合約敲定，我要的五％版稅，他出乎我意料的爽快答應。

老蜜分析過，林是慳吝的，他的慷慨是先算過投資報酬率，可以以一贏十，才拿得出手。

幾年不見本尊，固然他在業界的動態我瞭若指掌，三天下來，我仍吃驚於他的轉變。看來他這些年文化美容，說刻薄些是整容的學費沒有白繳。尤其是他使用的一些觀念與名詞，很讓我有被電擊之感。

林容平可以是我奮鬥的一個參考指標。實則他有意無意的想做我的啓蒙導師。

Fuck him！

人間的不公平與福禍相倚，就像上帝擲骰子。林容平的聰明才智不過中上，但青少年時期的家計艱辛迫使他提早入世飽受鍛鍊，習得一身武藝，又碰上百年一次的土地與財富重分配，所以能夠在十幾年間累積絕大多數人打拚一輩子也不可能擁有的資產。

不論是自覺或歪打正著，必須承認他順風站在時勢浪潮上，引帆快速抵達金銀島。

命格之殺破狼局？

林容平的截獲，有相對的排擠或掠奪了其他人的應得嗎？

我想得太多了？怪才安迪沃荷說的，每個人都有十五分鐘的出名時間。名利一家，擁有一張名人的通行證，就有了掌握資源的捷徑，此後無往不利。

與林容平會面前，我請教老蜜，她提醒我千萬不可提「華盛頓莊園」與「小陽明」兩檔事，犯大忌。

華盛頓莊園災變我有詳細的剪報。小陽明內幕，老蜜當初下好大工夫追蹤調查，想大展身手寫一系列深度報導，結果總編怕業者拒登廣告報復，沒囊葩，喊卡。老蜜至今憤恨那種十年一見的新聞如此給活埋。

小陽明本是大屯山系一塊毫不起眼、荒廢的雜林小山，但視野開闊，包覽陽明山、觀音山、基隆河、淡水河入海，某財團少東與菲律賓、印尼華僑聯手，也就是生殖器勾搭成的姻親，從民國七十年便開始以每坪最低三千最高一萬元的狗屎地價，鯨吞蠶食總共十萬坪土地。八十年內政部通過開發案，八十四年變更地目爲丙種建地，可建面積四萬五千坪。八十五年初夢想家比稿成功取得小陽明第一個個案「紫微」的企畫銷售，規畫成一戶一億天價的超級豪宅，向香港半山山頂看齊，從樣品屋到建築設計、裝潢、俱樂部皆採國際標，手筆之大，裡外之奢華，媒體爲之喧騰，爭相報導。同年年中，該財團快速出脫小陽明三萬坪建地予六家建商，由於保密工夫高竿，六建商皆誤以爲自己是唯一購地者，小陽明旋即進入推案戰國時代。稍後，「紫微」停止推案，與訂購戶解約。

老蜜分析：整個小陽明是個計畫縝密的炒作陷阱。財團養地十五年，俟時機成熟，遂以超級豪宅案將行情拉抬至最高，心動眼熱手癢者即入其彀。紫微號稱推案先期花費一億，不妨視爲廣告費，而該財團售出土地每坪平均二十萬元，共得二十億。如此投資報酬率即使巴菲特或量子基金索羅斯也要側目驚嘆。林容平可能是被利用的一顆棋子，亦極可能是參與策畫的幕後黑手。有傳言林容平得自該財團一筆極可觀的謝金。

購小陽明建地的六建商，向銀行貸款總額超過五十億，由於同時競相推案，供過於求，且紫微喊停與總統大選引起兩岸緊繃、中共飛彈演習，讓房地產景氣產生寒蟬效應，六建商集體掉入錢坑，貸款金融機構連帶陷入苦海，恐將形成呆帳。

紫微停止推案消息曝光，隔日該財團總公司與夢想家皆遭不明人士以散彈槍掃射，一路過待產孕婦被流彈射中頭部，送醫不治，剖腹取出胎兒雖倖存但成爲植物人。該財團派代表致贈孕婦家屬十萬元慰問金表示遺憾，並透過律師聲明該公司亦是槍擊暴力之受害者，呼籲政府重視治安之惡化。林容平自始至終緘默以對。

這便是小陽明事件之本末。

思考一——「人類一思考，上帝就發笑。」小陽明事件只是商場叢林的一場智商角力，優賺劣賠？

思考二，五十億元，二十億元，或一筆極可觀的謝金，與這塊土地上的人有何關係？這筆財富是在什麼基礎上被創造出來的？因爲人的勤奮、勞力、才智？若以上皆非，誰被掠奪了？什麼形而上的東西被摧毀破壞了？

思考三，金融機構的呆帳等於是全體納稅人的負債。竊鉤者誅，竊國者侯？

思考四——上帝怕已笑到不行了。我意圖自這事件中爬梳出什麼？揪出什麼事實的眞相？如果眞相的底層是撒旦的武功祕笈？

86年8月20日C報

〔本報記者綜合報導〕華盛頓莊園災變昨天屆滿一個月，由檢調單位會同學者專家勘查鑑定的調查報告出爐，結論這件造成三十一人死亡慘劇的主因在於建商卜世義超挖建築用地土方，增加面積，復以不實鑽探報告與不良設計圖興建違章擋土牆，致使原來的地貌與水文被徹底改變，才會在溫蒂颱風的豪雨沖刷下，導致擋土牆崩塌及地層滑動，造成樓倒人亡的重大慘劇。

七月十九日襲台的溫蒂只是個輕度颱風，卻讓完工一年的華盛頓莊園一夜之間三十一人遭活埋，五十六人輕重傷，五百多戶房屋損傷，一千四百多位住戶財產損失。

雖然災變已一個月，昨天豔陽高照下，華盛頓莊園仍籠罩著哀戚驚惶的低氣壓。最靠近擋土牆的翡翠特區大樓呈四十五度傾斜，倒塌在雅風特區；雅風特區也顯得搖搖欲墜。社區道路滿是碎玻璃與破碎磚石，如同遭砲彈轟炸，入夜後形同鬼域。俱樂部現充當靈堂，政府各單位致贈的花環擺得滿滿，三十一位罹難者的遺照半數正值花樣年華與兒童，照片中的燦爛笑容更令生者哀痛。

自救會發起人魯一鳴，因在大陸東莞開設工廠而逃過一劫，但高齡老父與妻子皆不幸喪命。魯一鳴聽完調查報告，沉痛表示此次災變是百分百的人禍，華盛頓上千住戶，戶戶面臨有家歸不得，房貸卻得繼續償還的噩夢；政府究竟要如何善後，建商要如何賠償，一個月來進度遲緩。魯一鳴憂心時間拖久，災變不再有新聞價值，一切將不了了之。

87年9月28日D報

〔記者吳酉台北報導〕華盛頓莊園崩塌案，士林地方法院昨天下午宣判，法官表示建商卜世義爲追求利潤而罔顧人命安全，惡性非輕，而且勾結縣府公務人員玩弄法令，涉及業務過失致死罪、僞造文書罪，合計判刑十年。

89年4月15日E報

〔記者梅庭悅台北報導〕民國八十六年七月颱風來襲期間發生的華盛頓莊園倒塌案，台灣高等法院昨天針對十九名官商所涉刑事部分二審宣判。一審被依圖利等罪判處有期徒刑十年的華盛頓建設負責人卜世義，因高院認爲圖利罪不成立，減爲有期徒刑四年五個月。

三十多位受害戶代表對判決結果相當不滿。一位在災變中失去兩個孩子的父親表示，死了那麼多人，一審判十年已經太輕，二審減爲四年五個月，天理何在？

代表之一魯一鳴在法院外出示媒體一疊資料，顯示建商卜世義早已脫產，還能期待司法帶給災戶應有的補償嗎？他們的噩夢何時休？

MEMO　？月？日

天生萬物以養人，人無一物以報天，所以殺殺殺殺殺殺殺。
黃巢。希特勒。毛澤東。史達林。東條英機。開膛手傑克。
如果我是華盛頓莊園的受害者之一。
所謂文明進化，戰場，決鬥，借刀殺人，不在場證明。
殺一人賠一命，殺千殺萬而留名歷史。區區三十一人，不過一行螞蟻。
我們，每一個人心中都供著一個小黃巢。

08:45 p.m.，帕華洛帝紐約中央公園演唱會原音重現，林容平的樓中樓豪宅。

薇，親愛的薇薇，好可惜你不能與我一起，錯過機會親聞他們腐敗的芳香。那香何其誘人。

薇，何時我們也可以像他們這樣優雅的腐敗？當停坐下來享受豐收，不動如罈底的果粒，酒的開始。

晚宴採 buffet 形式，中西合璧，有你最愛的燻鮭魚與西華的西點。華老師，終於見到廬山眞面目，做了一道普羅旺斯千層疊，十指白皙修長，總是微翹蘭花指。

寬闊的開放式廚房，整套的德國進口廚具，完全如在《ELLE DECORATION》、《VOGUE LIVING》書頁裡。

莎拉陳，建築師，應已年近四十但一臉素淨瓷白像中學生；麗迪亞，才自西班牙研習佛朗明哥回來的舞蹈家；吳姓雕刻家與畫家，被暱稱大牛，炯炯大眼有電光；米奇，酷愛一身黑的服裝設計師；詹姆斯，鬼佬，某外商高階主管，與他一道的叫安琪拉，懷抱一大束香水百合進門，一笑晃動，兩耳及頸項就有流光。

一群高貴美麗且聰明優雅的人，聲音汪著蜜，目光有兩面鏡子，一面永遠看自己。

說話是國台語混聲，多麼政治正確，間中夾英法日。

我得承認我是不可遏抑的嫉妒著呢。

他們暢談才結束的元旦假期，一隊去北海道溫泉之旅，一隊去普吉島的離島日光浴。莎拉陳回程繞去東京又搜刮了二十條帕斯米娜。米奇搖頭，提醒已有人發起保護藏羚羊運動，我得把你名字通知他們列為台灣第一要犯。女建築師聳聳肩，第一要犯絕排不到她，何況為美負罪才是美的極致。麗迪亞接口問米奇，Hussein Chalayan有何新動向新作品；轉向林容平嘆息，他設計的每件衣服都像走動著的幾何體，那種avant-garde，天啊為了他我願意活到一百歲。米奇還是搖頭，慨嘆去年品牌集團的購併戰爭熾熱到非理性，他憂心設計者的創意空間要被壓縮，變成另一個好萊塢。詹姆斯弄明白了，笑著兩片長手掌蕉葉般一攤，Winner takes all. 沒辦法的事。你們中文譯得真好，怎麼說？安琪拉答，贏家通吃，捏了捏鬼佬膀子。華老師發聲，倒不必太悲觀，你看設計Orlando迪士尼樂園的那兩個設計師，擺明了甜膩死了的夢幻與媚俗，可還是相當有趣精采，依然展示了相當純熟的技藝，香港人說玩嘢，先不要去背負太沉重的負擔，空間就會很大。林容平領會，謙遜的請求華老師再念一遍女詩人 Dorothy Parker 的那首詩。

「飲酒，跳舞，歡笑，撒謊，愛暈眩的午夜吧，因爲，明天我們都會死。但是，可惜，從沒有死成。」他雙手合握，虔誠的抵住下巴一點，神父領的白襯衫，天鵝絨的男中音。

麗迪亞不服氣的撥頭髮，「我還是比較欣賞我們的古人，晝短苦夜長，何不秉燭遊，爲樂當及時，何能待來茲。Peter，我們的紅酒！」

衆人移往客廳。薇，是你夢寐以求的。挑高六米，三面敞陽，扶梯上去半空是個回字廊道與書牆，當中垂停星雲似光纖燈。窗景兩幅天空青山，左幅山多天少，右幅山少天多，山勢是一條綠稜線，深深一摺。窗下設計了一長條柚木檯子，可弈棋可曬書可臥遊。此時居然天空一鉤青玉月痕，清晰得神經質，多看一眼便覺鼻尖額頭與手背被囓一口。

打賭那套線條簡練極的米白沙發不是 Cassina 就是B & B，而林容平的座椅是史塔克的理查三世。Dame it！

林容平笑嘻嘻取出一支紅酒，大家除了我中蠱似被吸住，麗迪亞搶先捧接，研讀標籤，讚嘆歡呼，八六年的波爾多Latour！

酒被換到一個大肚鵝頸水晶容器裡醒著，呵護的放置在一張大圓玻璃桌上，桌下點上一碟燭火，映照酒色琉璃。酒紅再投射在每人的臉上，尤其眼窪鼻側，幽祕的進入半人半魔的狀態。

華老師挺直背又掉書袋，「新約聖經有一句，五穀健壯少男，新酒培養處女。改做美酒更恰當。」

林容平以一種儒雅有涵養的聲調解釋這支酒得來純屬巧合，他四五年前開始涉獵wine，一王姓換帖的舉家移民加拿大前，送他一酒櫃的藏酒，幸虧華老師慧眼挑出珍寶，否則糊裡糊塗要給糟蹋掉了。「那就與豬八戒吃人蔘果配成對了。」

門鈴響，「Good timing，另一個surprise來了。」

林容平應門回，揚著手中的木盒。「Don Ramon的古巴雪茄，我託朋友在Beverley Hill買的，昨天才搭機到。」

仍然除了我，七人眞心一嘆，「Oh Peter！」

尾隨林容平身後的頎長年輕男子，髫青濃重，兩眼燈塔一般橫掃全場，兩手垂放握拳。無人在意他。唯有安琪拉在他炬光注視下燃燒起來，雙腿痲癢的張開又合攏，嚥了口口水。

人手一杯紅酒，微晃，品香，啜飲；微溫人血的紅光流進嘴，支流到日眶與指尖成了粉紅。窗裡山影亦有其暗暗的呼吸。

華老師陰柔磁性的述說 Frank O. Gehry 爲 DZ Bank 在柏林使館區所設計的大樓主體已完工，再等兩年最精采的中庭一如深海怪魚造型落成，一定得去朝聖。莎拉陳則提聲譽日隆的工業設計師 Karim Rashid 及其革命性概念。米奇談比爾蓋茲在網路流言被傳是撒旦化身，大牛打破沉默談蘋果電腦東山再起而 Jobs 已是白髮兩鬢的胖中年。麗迪亞談西藏仍保有一股元氣淋漓的能量，鬼佬則接口說檳榔西施與普吉島酒吧街人妖、峇里島海灘男孩的亞洲三絕。

于鳳飛，住A3之5，隨著入夜的風雨愈來愈強，不禁心驚肉跳，送兒女上床後，到廚房洗碗。擋土牆崩塌的速度實在太快，突然的天旋地轉，大冰箱飛起來砸向她。于鳳飛醒來時才發覺被拋在爛泥中。她一對兒女，女十歲男七歲，被衝灌進屋的土方掩埋。

陳冠君老夫妻，住D2之3，上月才自美國探望兒孫回，平日熱心栽植社區的花草樹木，由於地層下陷嚴重，夫婦倆被活埋在地下兩層樓的深度，挖出時兩人相擁，陳先生應是爲保護太太以身遮掩，頭骨被重擊破裂。

吳櫻，住C5之1，大樓傾坍瞬間，臥室的電視梳妝檯全部倒在正躺在床上的她，碎玻璃割了滿身的血，驚慌中從窗戶跳出，落地時雙腿嚴重骨折。

如果天地像翻書而眼球掉出，血蓮子的滾到你胯下。

上帝皺眉，微笑，然後擲骰子，手揚起的風拂了你的額而有血手印。

我在廁所門口認識小虎，送古巴雪茄來的那人。

「泰米爾之虎的虎。但我更愛光輝之路，The shining path to the future. 林中的兩條路，我選擇少人行的那一條，使得一切意義不同。」

他說夢話似，擋在門口，指指裡面兩坪空間，玄黑閃金沙地磚，蛋形馬桶，石槽臉盆，牆壁挖鑲瘦長條玻璃，柱狀日照處養一棵緬梔花樹與一缸金魚。

小虎遏抑不了的憤怒，左手亂揮，「你知道這一切是怎麼來的？是建築在什麼上頭？如果有上帝他來蹲一蹲可會覺得恥辱？」

我尿完，小虎仍堵著我喊餓。我陪他到廚房，精緻可口的餐點還有很多。他饕起來，客廳的軟語笑浪不斷，他瞪著那繞金絲的骨瓷盤，「你們還叫他 Mr. Why Not 嗎？我姊總是叫他 Why Not、Why Not，貓咪在喵一樣，只要撒撒嬌，她要什麼就都有。你曉得吧，林容平我姊姘頭。我姊艾茉莉。」

「我姊艾茉莉，小林容平十五歲，認識時生嫩得一無所有。林容平抓我姊的手摸摸聞聞，說她應該學琴，就出錢送她去；他吻了我姊的嘴，就說她應該講法文，拿錢要她請家教；他又捏捏舔舔我姊兩條長腿，讚美不跳舞太可惜，我姊就說要學就到紐約學，沒料到冷且髒，到處黑鬼。我們就去了加州，住了半年，我姊最愛去好醜的馬里布海灘散步看日落，也看能不能碰到有古堡的法國佬。我們什麼都不做，只是開車、shopping、吃。林容平來電話，我姊吃著yogurt喊腳痛，痛得想剁掉，再不要學跳舞了。掛上電話罵我買的什麼好酸，我笑你白癡，罐底有水果粒，要先攪勻，瓶蓋上有說明。林容平坐頭等艙來與我姊姦宿，幹得好大聲，吵得我睡不著。天一亮，我自己開車去舊金山。其實我很討厭LA，只能開車，開到哪裡都是灰灰髒髒，我姊卻說只要有個戶頭，有個金主給你金卡刷到手軟，天堂就在加州。」

「王欽宙，你知道嗎？林容平的死黨，那個潛逃加拿大的經濟犯，也飛來跟林容平見面，談了幾個小時就速速離去，全身好苦好臭的酒氣，戴棒球帽，帽簷壓低，兩眼躲著很驚惶的轉著眼珠子，像在邀請你要槍射我刀砍我嗎？林容平趕我姊跟我出去晃，晚點回來。我說不會是兩人要雞姦吧。王欽宙當年捲了四十億，是像捲菸葉塞進屁眼闖過海關的嗎？四十億台幣，足夠千萬人食飽衣暖一生一世，他以聰明以黑心辣手占爲己有，說都是我的！他是上帝或阿拉？有了四十億就有了通天的自由，就為世所棄有了一整個世界的囚籠，有了醜陋。ＬＡ的月亮好大好亮，腫脹有病毒，黏著血絲。開去蒙特利公園市喝珍珠奶茶吃蚵冰蚵仔煎，我樂歪了，ＬＡ成了台灣殖民地了。林容平告訴我姊艾茉莉再說給我聽，欽仔早晚歹歹去，成天疑神疑鬼有人要謀殺他，哪裡也不敢去；請過兩個保鏢，都被他打破頭；聽到電視裡的槍聲，嚇得尿褲子。不幹光一瓶威士忌睡不了覺。欽仔太太電話哭求阿平你救救他，救了他就是救全家。欽仔老婆大美人不輸林青霞，朋友妻甭客氣，我跟大頭榮阿彬都流了好幾年口水，但富家千金眼睛長在頭頂，嫌我們土，現在哭著求我，哭得像個小寡婦害我一直硬起來。」

「ＬＡ毛悚悚的大月亮，掉下來砸得腦漿迸裂。林容平說欽仔完了，他要是眞聽明眞有本事就不應該落跑，而是要留著繼續撈第二個第三個四十億。落跑等於自絕生路，一塊肥肉往黑道華青幫嘴裡送。當初欽仔不聽我，台灣人最健忘，一時失敗，你腰骨軟一點，菸頭熏熏或綠油精抹抹，記者面前哭一哭就沒事了嘛。脫產那麼簡單，沒有就是沒有，頂多吃幾年牢飯，又是好漢一條；頂多花幾千萬打通關節，等於是閉關修行，軍警Seven-Eleven一樣保護你。這樣穩賺不賠的生意他不做。總之氣數已盡，神仙難救沒命人。林容平出來時，噁的叫好大一聲，狗熊般趴下來。我姊艾茉莉說保險套都給射穿了。」

「車過downtown，黑地獄一樣，月亮照得我心慌意亂，眼睛睜不開想流淚。我想到我姊艾茉莉和貧窮和金錢的關係。一個人究竟值多少錢？是哪個哲人說，沒有人會窮到什麼也不留下。從此我都說你精神上好富有好豐盛。貧窮是什麼？是不是可恥的罪？若我有的比你少，該不該懺悔以求來生？若我沒有而想擁有，有少許而要更多，那是天啓還是魔鬼的敲門？擁有的方法是爭取、競賽、搶奪、劫殺或是推下懸崖還是砍斷你兄弟的頭手？我姊艾茉莉把處女給了林容平，她說從不知處女可以賣這麼好的價錢，好可惜處女只有一次。若林容平離了婚娶她，她要花一百萬買個慈善團體的委員做做；若生了兒子，再花五百萬買個理監事，從此一生福壽康寧。我姊艾茉莉，原本一無所有，將一雙芭蕾伶娜的長腿抬高，一身貓咪一樣的柔軟，就有了許多，世上聰慧女子及奮鬥一輩子女強人所得不過如此。但最後我姊艾茉莉還是一無所有。」

小虎與我重回客廳，林容平黃蜂尾刺狠狠瞪我們，沒影響他嘴上的笑。雪茄香濃郁，小虎附我身邊說，像不像一節狗屎或屌。

他們放鬆在沙發與地毯上，肢體刻意的媚態。雕刻家大牛打破沉默，兩手畫一大圓，徐緩收回，挺胸，「人身經脈太重要了，關係到氣血的通暢，這和Peter剛才講股市的利多利空漲跌盤旋，我認爲基本道理是相通的。」俯身拍拍米奇紅馥臉頰，溫柔的，「怎樣，要不要跟我學打拳？」安琪拉隔空向小虎發話，「你年輕人更該學。」一頭稀軟金髮的詹姆斯膩上去，「How about me?」安琪拉斜眼，手肘一頂，「你就饒了你那一把老骨頭。」

華老師起身，仍是雙手合握抵下頦，說一日不做一日不食，該回去準備明日的糧食。「感謝Peter給我們豐盛而美好的一晚。」

林容平合十躬身答禮。玄關處，莎拉陳挽著麗迪亞，「你提的那支未上市股，可不可以幫我們買五十張？就放個半年會漲到一百塊對不對？」林容平朗笑答好，手搭兩人肩上。「沒問題。我跟你們一起湊個一百張，可以把價錢再壓低。」

送他們跨進電梯如一陣春風，林容平返身，笑容一收，「我費了好大工夫把他們請來，要你過來不是讓你跟他們平起平坐，目的是有個認識，方便你採訪，還有體會一下我現在的生活層次。你搞不清狀況，跟小虎窩在我的廚房哈啦打屁。這種錯誤我不要看到第二次。小虎，叫Emily給我電話，我找她一整天了。」

我後退，讓林容平砰的關門。

電梯裡，小虎似是幸災樂禍似是替我解嘲的抿嘴笑著，「他教過我，錢是膽，用人的時候，就知道了膽有多大。看來他付給你的應該不少。要不要賭，他會自己墊錢以低價幫那兩個女人買，很快的虛報股價幫她們賺一筆。他則是以一賺三，人情、關係還有孟嘗君一樣的好名聲。你別光顧著臉紅生氣，學學他這樣的買賣與手腕有多划算。」

電梯下沉。金蘋果墮落。月亮的引力微細。而人心的危墜是不是自由落體的瞬間加速度，極大極大的快感。

MEMO　1月13日

我了解到，從天地初創時，靈魂便一直懷有對光明的欲求，和走出原始黑暗的不可遏抑的渴望。——《容格自傳》，頁三四二。

如果將「光明、黑暗」替換爲「財富、貧窮」？人做爲當今體制的創造者、促進者與犧牲者的同時，亦是毫無選擇的住進了不滅火宅、無間地獄。

一千六百年前的聖奧古斯丁在《懺悔錄》揭示一哲學命題：人的基本存在是緊繫在對時間的覺醒。

如果再以「財富、貧窮」替換「時間」？時間，能值多少？哼？首席廣告才女的警語，這畢竟是個手錶比時間值錢的年代。

十歲，我夥同弟弟偷姑媽的錢，趁她在廚房煮飯的空隙逕入臥房搜衣櫃。失敗了，被我父親用棍子痛揍並罰跪一晚。我母親及在姑媽家幫傭的一位遠房阿姨默默旁觀，如在刑場旁。我沒有恐懼而是驚訝打開衣櫃行竊時，那被鼓風被鏗鏘錘打的貪念可以那麼龐大那麼甜美，即使執筆現在依然承認其誘人，而身體早忘了被棒棍擊打的痛。

我竟以淚水灌溉那貪念的種子。

十四歲，我打破同學的新眼鏡，要賠。每晨上學前我屏氣伸手進父親掛在衣帽架的西裝褲口袋，抽一張百元鈔，連續一週。奇怪我父親那時總帶著厚厚一疊鈔票。童男手觸著汗潮霉臭的鈔票，其上細菌億萬，我有著中毒的定靜。我只是不告而取，預支，何況只是一點點。我父親的，將來全是我所有，嫡親血緣就是無條件的給與受。我知易行易的了解取的節制，所以得到完滿的結局。

於昏暗中輕輕開啓別人的衣櫃，伸手進錢袋。

可以無畏的無恥的取，何其大的福與樂。

生命輕舞飛揚，鉛重落地。如果無能做支配者，從無到有到滿溢，則被汰棄做被支配者，一無所有。

對街上與紅綠燈下的乞討者，我丟給兩包面紙，低聲 God bless you。

被支配者要學習巧取豪奪的技藝，所以汗水很鹹。分配者應適時有節制的美德，一如舞者的優雅。兩者都很難，難如駱駝穿過針的孔眼。

竊（妾）與取（娶），令生命輕舞飛揚的對位法。

1月22日林容平自述之錄音帶A、B面：

你也喝一點？這支 wine 相當不錯，八九年的 Margaux，就是《失樂園》裡喝的殉情酒。你上次喝的姿勢不對，我教你，三隻手指持杯莖晃，晃一晃，先品品它的香；可以了。緩慢是要文化精緻到某個程度才有的講究。前幾天聽說古家老三買下波爾多的一個老酒莊，真是豪舉。等你，我自己先幹掉一支。下午跟傑洛米、安琪拉開會，兩人專玩陰的，我好像當了一下午的馴獸師。今天談影響我最深的人，我想了兩天——來，陪我喝，我覺得第一個是我母親。我還念小學時我父親生意失敗，前後拖了兩三年，債務愈滾愈大，由我母親硬撐。同時我祖母好像得乳癌，很快變成末期，非常臭，天氣愈熱她愈臭，躺在床上放下蚊帳忍痛，痛到忍不下了就呻吟我祖父的名字。沒錢送醫，也就沒錢吃藥，當然也要開始沒錢吃飯。開始常有刮米甕底的粗厲聲，聽到了我就沿街路像狗一樣翻撿到鎮上的媽祖宮，希望撿到錢，一角五角都好，一塊錢有天那麼大。走過賒帳的米店要低頭疾走。所謂的 street smart 我的解釋是唯有一直走走出了那困境你才能 survive。活著的底線是被打樁一樣錘到地底，腳後跟裂了，還能生出躍起反擊的本能，這才是強者。我祖母很臭，聞了就失去食欲，所以我很久不敢見她。她喊容啊金孫去叫你老母來，聲音流膿鋪著霉。我母親進去很久，我好奇在房門口探頭，見我母親跌在地上喘氣，兩手纏著拉著一條床單撕下的布條，她要我加入大力拉，說把阿嬤的病給揪出來。布條從結著很厚灰塵的蚊帳裡蛇出，我們母子用力扯，祖母的影子病那麼久那麼臭還那麼沉緩緩像在棺材裡坐起來。我希望她馬上不再臭不再痛，再用力，慢慢升起一個灰藍月亮；我心裡豁亮，大喜。我母親突然撒手，眠床板咚的一擂，我撞在我母親背上，半夜我父親哀嚎大叫阿母，奔跑中給門檻跘倒，額頭撞桌角流一臉的血，鬼叫雀啊阿母吊著死啊。我像祖母在床上坐起來，心裡就空洞明白一個大月亮。這是祕密，你聽不能寫，從此我生命每逢緊要關頭要殺要砍而我猶豫是否應該下手，若夢見灰藍月亮慢騰騰的上升，我就義無反顧去做而必定獲得成功。來台北，我母親到一個我叫他馬叔叔的店裡做打雜，包洗吧女的衣服。你四年前的訪問我提過，我母親只教我一個道理，「窮呷人歹死」、「窮良人比狗屎還不如」，聽懂嗎？意思是窮人即使想一死了之都難。她兩隻手勞動太多太多，因此粗大、繭硬、裂深而失去性別；她看地不看人。坐下休息，掌心朝天放鬆窩在大腿與腹部相接的彎裡，醃著淡血有瑩光。那兩隻手比她整個人都強悍，要跟自己的命運對決硬拗的意志，因此做一輩子苦一輩子。我喜歡看人，看人臉，不爲他們的美麗或獨特，而是爲了臉背後的心。所以我能做一個相當優秀的 sales，馬叔叔喜歡我，總稱讚我聰明。他雜學風趣。基督教說上帝以祂的形象造人，但人呢人毀滅彼此以完成；上帝愛人，但人殺上帝。這才是反面的恩典。他教我人臉上寫有字，讀懂了一輩子吃穿不愁。但他做的是打越戰的美國大兵的生意。那年代從南到北的酒吧熱，他懂即使酒吧也該企業化經營，店名別出心裁叫中國小寡婦、東方春雞，好像現在的連鎖店；小姐穿上鳳仙裝或旗袍或反串穿西裝，一律集體住公寓集中管理。他早早明白賣場通劇場的心理因素，也懂得多角化經營。酒吧隔壁開家中菜西吃的餐館，客人來早了先吃一頓，待晚了再吃消夜，一隻牛剝三層皮。和那些傻GI混熟，進一步跟他們做兌換美金的生意，更熟了，再跟他們盤二手用品轉賣。馬叔叔好精明絕頂，教我以錢滾錢的快狠準三字訣，切忌心疼小數目丟了更大的total，這叫成本觀念。錢跟數字都是共同的想像，有膽有能力做大了，才能引它下凡，砸得你眼冒金星。有了錢，你老實做人說實話，別人連連點頭供你是聖人。你替我工作，我給你薪水，所以銀貨兩訖、皆大歡喜對不對？錯了，工作我給的，薪水我創造的，沒有我你滿腹才華賣給狗看換得到一根骨頭不。剩最後這點你喝了。沒有，我跟馬叔叔再沒聯絡。越戰快結束前，他消息靈通，把店全出讓，轉做房地產，然後缽滿盆滿的移民美國。我要再開一瓶，必須再開一瓶，因爲我要開始講王欽宙，這一杯祭他。其實欽仔最愛喝麥卡倫威士忌。當年我們投資進口紅酒栽大觔斗，有幾貨櫃他賭爛不去辦通關，報關行催他說酒恐怕變質統統變成醋，他摔電話，那就送你老母洗雞巴。聰明不可一世的王欽宙。我們是同梯的，退伍一起進台屋，最早的房屋仲介代銷公司，從業務菜鳥做起。民國七十年，我們創業夢想家，做了兩年，景氣一直沒起色，大頭榮與阿彬退股，剩我們倆硬撐。欽仔那時好瘦好黑好矮小，可是頭頂好旺三把火，口才舌粲蓮花，像火車頭只顧往前衝。我是走十步會稍停一停靜觀前後左右卜卜吉凶，兩人互補水火相濟。有次我在大馬路這一邊看到欽仔騎摩托車巡視沿路的廣告牌，太專心了，一頭撞上電線杆，鼻血滴答濺在白襯衫。別人不接的案子我們接，什麼狗屎地的案子都接；掃街拜訪，別人一趟，我們三趟。客人上門，哈腰鞠躬奉茶敬菸像條狗；跟業主開會，還是哈腰鞠躬奉茶敬菸像條狗。一次跟三重的一個陳姓地主小開開會，才張嘴，他掩鼻子揮手嫌我們口臭難聞死了。之前我們熬了一星期的夜，又便祕。乖乖去買罐李施德霖，在小開面前喝可樂似的咕嚕灌著，嚇他。現在回頭看那十年，good old days。一切黑白分明，秩序井然，你舉香過頭拜鬼神求平安，心裡坦蕩蕩，睡一覺就忘了昨天的敵人。也好像前後只是睡了一覺，前一天我和欽仔帶著三四個人去見開陽老闆，副理攔下要我們把提案先給他過目，是個阿莎力的，搖頭說不對喔。欽仔與我交換一個眼神，拉副理一旁說給十葩，大家一條船一條心。我就借了人家茶水間走道趴下來改稿子，兩小時後正式跟開陽老闆噴presentation，一切順風順水。第二天我們發現兩人可以買車了，名下房子他四間我三間，但因何仍然深深的飢渴著。才發覺兩人做了好久的和尚。那年春節參加泰國打炮團，土包子第一次放洋，新台幣眞好用，一擲千金，眼皮都不掀一下。我吃頭兩餐便上吐下瀉，水土不服。欽仔嚷著要扮皇帝，一口氣叫了五個泰國妹，把兩張床併攏，叫她們脫光躺一排，一列奶子，吱咯亂笑。欽仔掏出來，握著，要她們翻過身，亂棒打屁股，眼睛噴火喊著看我幹得她們雞雞叫。我從來不知他那麼猛，幹完喊餓，去帕朋下方一家建興吃海鮮，蛋炒螃蟹咖哩螃蟹大蝦西施舌，一大盤一大盤，吃得眼珠子脹爆。走回帕朋人擠人，給皮條客拉進吧裡，欽仔又要了兩個說回旅館馬殺雞。我光看沒意思，出去逛，逛到一間小廟，善款專給窮人買棺木，我摸出幾張鈔票塞進箱子。欽仔打鼾響亮得像豬，兩個吧女安安靜靜躺他身邊，左右各一，身上鋪滿泰幣，黑晶晶的四隻眼睛盯著我。人身與鈔票摩擦的聲音刮著耳膜竟然那樣刺耳。一切好像睡了一覺作了一夢。然後欽仔認識了股市炒手吳鯊魚，簡稱吳鯊，與另一個袁志東，號稱股市兩大門神，囂張狂言天天開盤就賺七葩。六四天安門事變之後萬點崩盤那回，欽仔家產十去其七。我勸你還保有三成，還有夢想家這口活泉，你不要整身人輸落底。他點頭說知道，轉身跟吳鯊晚晚跑花中花大富豪開路易十三一瓶三萬。他的理由是哪裡跌倒哪裡站起，他要跟吳鯊學得其中精髓，以錢玩錢，用股票換鈔票，那種快速獲利的爆發力與加速度。從此夢想家他漸放手，完全歸我。八十二年為節稅我們成立子公司，他說給他登記，很快有大用處，給我大驚奇。吳鯊為什麼叫吳鯊，一雙賊亮骨碌轉綠豆眼，一口森白亂牙，隨時伺機吃人不吐骨頭。時也命也，萬點崩盤後起死回生，元氣恢復了就卯起勁玩借殼，大炒特炒。其中屬吳鯊最凶悍，成績最耀眼，兩年內創立包含營建、電子、金融等七家公司的集團，並設了四家控股公司進行操盤拉抬，集團的三檔股票連連爆漲，打鐵趁熱就辦現金增資，投資人笑嘻嘻捧著大把鈔票送上門，一年就募到六十億。吳鯊集團再向金融機構貸款共得五十億。增資募集完成之日也就是該檔股票開始跌停板，吳鯊集團早一步趁著投資人追高到眼紅頭昏時，已陸續出脫，參加現增繳款的呆胞全數住進套房。欽仔當然是吳鯊發財集團的一卡。同時，他跟吳鯊在士林標到一塊地，規畫搞商場，不賣土地所有權，而是遊走法律邊緣搞不動產證券化，劃分十萬單位認購，每單位賣二十到三十萬元。背後有吳鯊挺，排場大得嚇人，廣告量也大得驚人，政商名流一批批給請到現場曝光，等於是爲他們背書，吸金效果有如滾雪球。欽仔見我去，衣袖拉起，秀出新買的鑽錶，問我可喜歡，要送我一個。（錄音帶換面）說要送我一個，我嗅嗅他幾時開始搽古龍水，臭的。欽仔商場募資與銀貸共得四十億。沒多久他三更半夜找我，一頭血，腫半邊臉，賓士也半身給掃射成蜂窩。他不解釋，我也不問。我說喝杯威士忌壓壓驚，他搖頭想保持清醒，一張口牙齒給打落一顆。他只說了一句，阿平我們兄弟一場，天光以後要生不相逢死不相送了。果然早晨醒來，他已離去，他手上鑽錶留桌上給我，三個月後，吳鯊集團爆發財務危機，旗下股票天天無量下跌。集團的上市公司、投資公司，吳鯊並無掛任何頭銜，之前的股票進出也都是大量運用人頭戶。潛逃出境前，吳鯊尚且率領一級幹部召開記者會，哭得眼淚鼻涕一把，宣稱護盤已戰至最後一兵一卒，絕對沒有涉及不法，手指上好大一枚翠玉戒指在鏡頭前晃笑。欽仔應是早吳鯊一步捲款四十億攜家帶眷坐飛機走。我很長一段日子總夢見他一家人與一隻大保險箱漂流海上。不到兩年，欽仔老婆小惠從加拿大來電話，哭著求我救救欽仔。經濟犯日子居然那麼難，千方百計捲走的錢，吳鯊要分一半，欽仔照協議給兩成；華青幫越青幫也都來要分一杯羹。受騙投資人之一有袁志東，委託兄弟追討，欽仔想花點錢以黑制黑，噩夢就此開始，投資一項就賠一項。早上開門，台階上與車庫水泥地上以銅黃子彈六粒排出一朵美麗的花。旋即搬家，以為保密得針插無縫，十天後開門，子彈花加倍且滴幾滴血點綴；兒子養的心愛牧羊犬無聲無息暴斃；去麥當勞點餐，托盤帶人莫名奇妙給撞跌一地；在超市走過罐頭山便嘩啦啦雪崩。不論去到哪裡總疑心有人陰森森跟著。高級住宅區一地一戶，太陽下山就那麼靜那麼殺機重重，欽仔一家六口住二三百坪有前庭後院，院後稀疏林地護著個小池塘，淤積著落葉枯枝。小惠說廚房好大可以開 party 所以一人煮飯洗碗都害怕。小孩央她微波爐爆玉米花，剝剝剝爆響，奶油香溢出，孩子好快樂打鬧尖笑。欽仔呆呆立在客廳，下半身發抖，她上前細看，他褲管兩側尿濕一片，滴在地毯。欽仔以為是槍聲，惱羞成怒抓狂衝去扛起微波爐往地上摜，然後要老大的成績單，沒有，一巴掌甩得老大飛起來，落地便滾躲餐桌下，欽仔拿起餐椅一把一把的砸，木屑噴濺進自己眼裡。是瘋了，每晚要灌完一瓶威士忌茫得一頭栽下，不洗澡不換衣服不說話。欽仔老母手捏佛珠勸他我們回台灣，將那些黑心錢還人。欽仔抓起酒杯酒瓶扔他老母身上；老母跪下求他，不當一家夥陪你一個人鬥陣死。欽仔跳起來，一腳踹倒他老母，喊得青筋爆漲，我的錢我的錢你講啥肖話我的錢是黑心的？小惠叫我阿平我們活在地獄裡。可惜啊小惠那雙腿修長且瘦不露骨眞是美。喔然後幸好吳鯊又來找，鼓吹一起去大陸再創新局，老手老戲碼，股市與房地產。兩人師公聖杯電話一通就是一兩小時，欽仔又活過來。他豈會不知道吳鯊是何等的狠角色，但吳鯊笑笑的寵他欽仔你眞是憨膽，褒他欽仔你將才喔是賺大錢做大事業的卡，他就信心滿滿。吳鯊特地飛來碰面，而且帶他去買手槍上射擊課程。小惠並不明白這次他們兩人的合作關係，但小惠跟我都同意，錢是欽仔的最後防線，也是最後所有，吳鯊若要算計他，他將計就計，或許是脫困的一條活路。欽仔這麼做叫找閻羅王開藥單。吳鯊集團搞借殼搜刮進口袋的前後應該有一百億，陪他一同偷渡出境的有他的財務長程光亮，專為他喊盤下單的超級作手何六甲。傳言吳鯊是從嘉義出海到澳門，在澳洲美加及歐洲行蹤飄忽不定，隨身好幾本護照，不同的身分。若查出他買下南太平洋一個小島，我也不意外。小惠說她只求平安過日子。見過吳鯊後，欽仔第一次上床安穩的睡了一大覺，打呼好大聲。加拿大十一月就可望有雪，白天到黑夜很快很短又很重。小惠趁欽仔洗澡搜出他買的槍，兩排牙齒打戰，凌晨三四點問我怎麼辦？欽仔與吳鯊的風雲再起計畫沒什麼新意，共同成立投資公司，大陸再向錢看總是極權國家不能貿然進入，化整為零透過人頭戶操作是上策，凡需書面文件皆得兩人簽名始能生效。欽仔更主張共聘一位律師，確保合作的每一步驟都有法律保護監督；吳鯊欣然同意。

欽仔天眞以爲在文明社會有法律有槍就立於不敗之地。小惠畢竟女人的直覺神準，我說過年假期要去美西，大家趁這機會見面吧。她答下好大雪阿平我們房子活埋在墳墓裡。那聲音軟綿綿，是個令人疼惜的女人。我早懷疑欽仔那方面已經不行。欽仔飛來，我住 West Hollywood 朋友家，他哪裡都不肯去，我們就屋裡長談三個多小時。都是他在講，講從前，做過的案子，合作的業主，企畫手法，銷售技巧，上過床的跑單小姐，事實是眼前的欽仔我不認得了，臉手浮腫，肚子大成一桶，一直流口水，一陣陣冒著既苦又臭的、的腐爛氣味，好像肉體組織已壞死。可是他記憶力那麼好，底片顯影似，黑白反差的靈異，把他的一生一張一張的攤開接龍。我偶爾在時間與數字上跟他爭辯，他就空洞而溫柔的笑了。他從小學珠算，檢定七段的功力。原來我們一生不過是幾個人幾件事一堆數字的交纏組合，得到了還抖著心抖著腳想下一場，錯過了便想殺生洩恨。話講乾了，欽仔臉上一靜，窪陷處像眼窩鼻側人中汪著油汗。我心一抽但覺是冷凍櫃拉出來冒水氣的冰屍。他看我，欲言又止，瞳孔的光波徐徐的長了又萎了，電池耗盡前的暖光。我嘆口氣欽仔你撈了四十億不然還想怎樣？榮華富貴不就只有一種寫法？人的一生能負荷多大？你猖狂得意是你一人獨食獨飲，末路窮途當然也是你一人獨食獨飲，我總共就分你一隻二手鑽錶還卡著血還有一個酒櫃，你要我怎樣救你？我再三告誡，吃飯八分飽，吃人不可吃十分，吃十分就死定。你不聽要我怎樣救你？我伸出一隻手給你，你怕不怕提不提防我另一隻手藏背後拿刀拿槍？臨上計程車去機場，欽仔伸手與我一握，我吃驚他指甲縫厚厚一層污垢，他說有影咧美國月亮確實較圓較大粒。民國七十一、二年我們常開車全省走透透，高速公路遇見水清清滿月，他就亢奮，迷信是個好兆頭。我們那時開的是他舅舅不要的破裕隆。我託人從加拿大警方拿到的報告有完整詳細的調查與命案發生經過。鄰居指證，欽仔開第一槍大約是當地晚上十一點，欽仔老母念完經躺上床，心臟近距離一槍。老大老二睡了，老大有趴睡習慣，背部一槍；老二給枕頭蓋臉有掙扎反抗，所以頭部兩槍，面目全非。小惠抱著不到五歲的老三要從廚房逃，她擋在門口讓老三逃命，胸部頭部各一槍。小孩是嚇呆了還是回頭要找媽媽，被射中腹部，倒在草地上。至於欽仔本人在客廳呑槍，轟掉自己腦袋，腦漿像下雨。他跪趴著，全身形成很奇異的扭力與弧度，桌上開了瓶麥卡倫威士忌，一滴未喝。法醫驗屍指出他血液的酒精濃度甚高，胃囊是空的，還有他內褲上化驗出尿液與少許的前列腺導液。小惠逃命前撥了電話給我，留話在答錄機，完全沒有情緒的說欽仔開始了，萬一有機會阿平我小孩拜託你，老三有氣喘。報告上關於欽仔的滅門動機只推論是不堪財務惡化危機，導致精神錯亂。警方列出的財產清單，兩台賓士，一台法拉利，一輛休旅車，一艘遊艇，長短皮草十一件，整套古董水晶餐具，還有鑽戒珠寶。比較可信的傳言一，欽仔只留少數現金，一半放在瑞士祕密銀行以及為三個小孩設立的信託基金，另一半投資期貨債券與股市，但多因盲目躁進，操作失利，損賠慘重。傳言二，他與吳鯊共組的公司從未正式營運，命案之後完全找不到任何相關資料或文件。傳言三，共組公司是吳鯊設下的陷阱，請了會計師與律師而且立案登記無異是開門揖盜，行蹤全都露。吳鯊密告國稅局，再趁欽仔慌了手腳之時，威脅利誘律師搬空資金。另外，曾有不明人士以合夥關係人名義探詢欽仔遺產如何處理，我判斷是吳鯊故布疑陣。至於吳鯊，再沒人見過他真面目。

謠傳他動了很成功的整容手術，一口亂牙全換，植髮拉皮割雙眼皮減肥；他至少有三種身分，泰國人、日本人、阿根廷華僑。據說曾經有人在上海驚鴻一瞥見到他，因爲與他一道的是左右護法程光亮、何六甲。也有在澳門賭場認出他的聲音。欽仔死了近半年，我收到一個大信封袋，從香港機場匿名寄出的，一疊欽仔的驗屍存檔照片。他瘦回去我們初認識的樣子。正面仰躺一張，嘴合不攏，眉頭皺得很緊，肩膀聳起，一雙腳顯得很大，那嘴洞都是火藥的苦味。有七張一系列連拍背景不知是哪個城市的街頭，焦距瞄準一個戴棒球帽低頭走路的東方男人，那身形臉形走路的神態根本就是欽仔，但角落的拍攝日期是欽仔死後。七張排成一列或當電影腳本的快速翻動就成了連環動畫，啪啪的風裡，照片中人靈動了起來，向我的臉走來，走近了他就會抬起臉。欽仔側躺就稍有痛苦的感覺，子彈射出的後腦清洗後在黑白照裡缺了一塊，像是水漬一塊。多看幾遍，那柔軟的凹陷蟲嚙指頭一彎探進就有了劇痛，又像人骨拼圖遺失了最後的一塊。如果找到了，喀噠接榫的一揿，靈魂與肉體完整復活，有鴿子拍擊翅膀的影子落下又重重飛起，我就知道解開了一切的答案。

※

MEMO　1月21日

Less is more.

此語突然令我作嘔！被奉爲美學之經典概念且在各種藝術領域與商品被具體操作，進而被演繹爲高級品味與生活哲學，骨子裡與「何不食肉糜」同等的惡虐。

所謂少即是多的眞義，是多到飽嗝了，邊際效益到極致了，故轉而求簡約，以清清腸胃；是多至物欲橫流而覺累贅繁複之可鄙，因爲物累所以身累、心累。

人如何承受一無所有的重與罪以及其重罪。

人又如何握緊少即是多的輕與快樂以及其輕揚的華爾滋節拍。

如果More is less. 馬克斯恩格斯凱因斯理當骨骸在墳墓裡坐起齊奏一曲小提琴。

如果救贖那麼廉價。

02:00 p.m.，小虎與我約在華盛頓大樓對面的連鎖咖啡店見。

我們處女座的準時，小虎穿一件海藍 Gap 帶帽兜純棉運動衣，挾著一個牛皮紙袋，兩腮與下巴冒生著青軟鬍碴。他張望華盛頓大樓的帷幕玻璃一會兒搖頭道，不行不行，這種醜陋的壓迫感之下我絕對無法暢所欲言。我們搭捷運轉往西門町，還是S牌咖啡店，二樓陽光窗邊，但冷氣風口筆直噴在頭頂。小虎拉起帽兜，雙手握著馬克杯取暖。

「舊金山天氣眞是怪，有太陽地方就熱，陰影裡就涼凍。柏克萊也是，但我很喜歡，有種特別迷人氣氛，我覺得是反抗與眞理。你去過嗎？」

我心想的是你才有種怪卡的調調；答說沒有，其實最吸引我的是愛琴海與希臘諸神的小島，經濟能力若許可，我肯定去自我放逐住個一年半載。

小虎鼻孔裡嗯哼，「做富貴閒人？」

「Why not？」我故意裝貓叫的嗲聲。

他啜一口咖啡，直視我而冷笑，「對啊，只要有利可圖有什麼不可以？抱緊林容平大腿就像我姊艾茉莉，你的希臘夢應該不難實現。乀你自覺是他的化妝師或美容師還是整型醫師比較恰當？」

「殯儀館的彩妝大師豈不更貼切？」

「別哈啦。這關係到你爲他作傳的心態你懂嗎？你知道的眞實程度與你粉飾的成功率、精采度成正比，懂嗎？不是反比。林容平挺厲害的一點是他永遠給你他要你看到的，他有疑慮的或自知醜惡的就圍堵或隱藏，要不就選擇遺忘或竄改記憶。因此你知道的林容平大體上是良善的、循正途奮鬥努力的，有著高度反省力。你不會覺得他是體制內的癌細胞。即使偶有軟弱或錯誤，啊你搶先爲他解釋那終究是人的限制與軟弱，原諒他就是原諒自己。因爲你何等渴望有一天你能成爲第二個林容平。」

「我是在幫助你，讓你通盤了解林容平的各個面向，奸巧的，齷齪的，陰險的，惡質的。然後你決定是否繼續幫他作傳。他能有今日是因爲他比大多數人敢於作惡使壞，我以爲這是最重要的關鍵。」

INK PUBLISHING

讀者服務卡

您買的書是：______________________________

生日：________年________月________日

學歷：□國中 □高中 □大專 □研究所（含以上）

職業：□軍 □公 □教育 □商 □農

□服務業 □自由業 □學生 □家管

□製造業 □銷售員 □資訊業 □大眾傳播

□醫藥業 □交通業 □貿易業 □其他________________

購買的日期：________年________月________日

購書地點：□書店 □書展 □書報攤 □郵購 □直銷 □贈閱 □其他

您從那裡得知本書：□書店 □報紙 □雜誌 □網路 □親友介紹

□DM傳單 □廣播 □電視 □其他

您對本書的評價：(請填代號 1.非常滿意 2.滿意 3.普通 4.不滿意 5.非常不滿意)

內容______ 封面設計______ 版面設計______

讀完本書後您覺得：

1.□非常喜歡 2.□喜歡 3.□普通 4.□不喜歡 5.□非常不喜歡

您對於本書建議：

感謝您的惠顧，為了提供更好的服務，請填妥各欄資料，將讀者服務卡直接寄回或傳真本社，我們將隨時提供最新的出版、活動等相關訊息。

讀者服務專線：（02）2228-1626 讀者傳真專線：（02）2228-1598

廣	告	回	信		
台	灣	北	區	郵	政
管	理	局	登	記	證
北台字第15949號					

235-62
台北縣中和市中正路800號13樓之3

印刻出版有限公司　收

讀者服務部

姓名：＿＿＿＿＿＿＿＿＿＿　性別：□男　□女

郵遞區號：＿＿＿＿＿＿

地址：＿＿＿＿＿＿＿＿＿＿＿＿＿＿＿＿＿＿＿＿＿＿＿＿

電話：（日）＿＿＿＿＿＿＿＿＿＿（夜）＿＿＿＿＿＿＿＿＿＿

傳真：＿＿＿＿＿＿＿＿＿＿＿＿

e-mail：＿＿＿＿＿＿＿＿＿＿＿＿＿＿＿＿＿＿＿＿＿＿＿＿

INK

小虎輕撫桌上紙袋好像養著一只潘朵拉盒子。「你了解 tough guy 跟 nice guy 的差別嗎？這是林容平的理論，當然也被他實踐著，他教我，通往失敗的路常常是由 nice guy 鋪成的。他說，狠角色帶來並提升利潤，而好人、沒有目的的行善只是徒然增加成本。在自由市場，人的存在價值是你強暴所以你出頭而能有所得。nice guy 往往是弱者，能力弱、智力弱、見識弱、膽量弱。強勝弱敗，理當如此。」

「你大概還不是很明白林容平迫不及待出傳記的理由。在亞太地區擁有廣告、行銷、公關、媒體採買等龐大業務的亞美集團，有意收購林容平剛進入的這家公司。併購成了，他藉著亞美鯉魚躍龍門，是他從 local 草莽晉身現代宮廷上流社會的絕佳跳板。錢他有，問題是田轎啊比他更富有，就只能是田轎啊，所以他需要的是金錢之外的形象、知名度與名人身分。所以林容平的如意算盤，出一本傳記，踏出建立個人品牌的第一步。相信我他絕對有辦法讓他的書上排行榜。你會懷疑民主社會哪還有什麼宮廷貴族，我告訴你，一直有的、有的，不信你去翻翻每期《時報周刊》前幾頁的名流聚會照片。啊多麼美麗優雅的人們。」

「其實這一切關我們屁事。在台灣、在地球上有數不清的林容平，今天他不做，必然有另一個人來做。我也曾懷疑自以為是的正義不過是酸葡萄，因為弱者要翻身的捷徑就是訴諸正義。但無論如何我無法忍受他動用社會資源完成一己之私。你如何忍受以白紙黑字公然偽善？我切切以為文字是我們不堪的世界最後的桃花源最後的聖地，人曾有的理想與美好在現世裡殘破，但文字留下其原型元神與最初的芬芳。因此啊你如何忍受林容平販賣他偽造的奮鬥故事，他的惶恐、哀傷，他的誠懇？我知道而沉默就是同謀，我知道而沉默而低頭不曾阻止就是共犯。」

「Justice is buyable.」

「林容平一件微小的軼事，在他第一份工作有兩次升遷，王欽宙是他的競爭者。林容平就在麻將桌上故意放水給上司所以贏得升遷。他總教訓員工，想獲得更多就要多付出，意義的原點在此，以小搏大。我姊艾茉莉跟林容平，嗯七年了，他愛我姊的青春美貌，我姊貪圖便利現成，一般女人拚死拚活三十年未必有她今日。我姊說 Mr. Right 的正確意義在此。」

「交換價值操之在我，以少換多以無換有的聰明進化；剩餘價值呢則看人家願不願操、肏你。」

落地窗下一家紅包場歌廳與健身房夾峙一條短窄巷道，熊腰虎步出一個戴鬼面具男子，那乳膠純白面具似是高溫扭曲中，眼洞嘴孔驚愕拉長；不多的路人只是睐他一眼。林容平在訪談中大蓋過一條街理論，同質性的商店聚集產生結市作用，高明的經營者則在同一條街以至少二或三家店運用風格、價位的差異主動區隔消費者，而實收大小通吃之利。人生的經營亦當如是。

鬼面人悠悠繞了一圈又出現，在電視牆前席地而坐。那片空地往昔假日一群群七字頭組隊帶手提音響秀街舞當是原宿新宿，一律 Nike 球鞋，寬闊可插下象腿嘻哈褲，我以爲很難看而且心驚他們一個個老成太早沒一絲純眞氣息。老蜜啐我這算好的是正當娛樂不然你想他們讀四書五經跳八佾舞？

小虎手肘壓著紙袋撐著頭，笑笑，「你知道他當初如何誘惑設計我姊的？非常的連續劇，家醜不便細說，總之他腐化了一對年輕的戀人，當然我姊懦弱也要負責，她男友受林容平刺激，進了號子做營業員夢想一夜致富，盜賣客戶股票，結果吃牢飯去。小陽明你已知道，我再告訴你華盛頓莊園災變後，他把一切業務責任推給已潛逃國外的王欽宙，銷毀與他有關的文件。華盛頓莊園為罹難者公祭，他為建商卜世義操盤危機處理，導演卜世義在媒體前下跪痛哭說些誓言負責到底的空話。為了製造心力交瘁的效果，兩人熬了兩三夜打牌上舞廳酒吧，一邊減肥一邊籠絡記者。原本還計畫反向操作，做一個大型戶外雕塑悼念死者，更表示反省懺悔的意思，消息都放出去了。得知王欽宙自殺，就找我姊艾茉莉打炮，幹的時候神經病叫著欽仔我為你打一炮，我姊又氣又怕以為鬼上身。一生一死，乃見交情。我們懷疑他與一個叫吳鯊的經濟犯串聯在動王欽宙遺產的腦筋。他其實好吝嗇、錙銖必較的人。他評估過將欽仔一家骨灰迎回台灣，終因對他形象太負面而作罷。他找過你一個朋友常蜜捉刀寫一篇文情並茂的追悼文，賣友求榮，但遭常蜜拒絕。林容平的思考模式與價值觀，這樣做是plus或minus？他要的是一加再加，豐富盛大到壓斷駱駝的腳。如果他的傳記取名，人生的加分法。以金權為主軸的社會結構，你必須向上爬升，卡位，成為上帝的選民，你就得到了掌握資源的第一順位。所以如果你跌落，你怎麼可以讓自己跌落，無關恥辱，而是關係著你是否沉淪為芻狗。」

「還記得那次林容平飛來LA？我賭爛開車去舊金山，玩到柏克萊，在一家小書店發現認識了一個支持祕魯革命的組織，啊有意思極了，聲援的是信奉共產主義的恐怖團體 Shining Path，閃閃發亮象徵通往光明希望的路徑，卻是以暗殺、爆炸的激烈恐怖行動企圖推翻現有體制，恢復古印加帝國的農業生活。光輝之路的暴力行動已累積造成數萬人流血喪命，成功執行的連續爆炸曾讓首都利馬一度被國際媒體稱為死亡之都，那是在一九九二。我有一張他們 propaganda 的CD，有一首早晨的星，簡單的吉他伴奏，歌詞是這樣，我騎著我的栗色馬，看看四周與遠方，多少次我駐足，狂喜於如此美景，多少次我駐足，傷痛於如此貧窮，憤怒於如此不義。不是的，你先聽我說完，先別緊張，我不是推銷恐怖組織，台灣與祕魯八竿子打不著，要不是解釋給你知道，我都覺丟臉白癡才迷這種東西。但、對不起我一下有點亂，如果的確早晨的星星在我頭頂冷冷的發抖，我要相信、選擇救贖或腐爛？同樣閃著光的道路將帶引我通到怎樣的未來?你想先睡一覺或閉眼睛假裝盲目?我其實因爲我姊艾茉莉的性器官而受惠，美國去了，學歷有了，牛排紅酒法國菜都吃了，賓士也開了雖然是給林容平當司機。我姊慷慨說你儘管踩著我的身我的頭向上爬，因何我沒有感激唯覺屈辱與卑賤，因爲我是條餓狗叼食桌上拋下的剩菜與骨頭，同時吃了他人的唾液與細菌。因爲不勞而獲，因爲給的是當我狗一樣的給。如果吃下的是惡果，如何心中長出善樹。所以我很想仰望早晨的星，希望自己是平和光亮無有恐怖的人。當他再丟骨頭，我可以扔回他臉上，警告他再亂丟我就扳下他的肋骨。我又常想，覺悟是那麼的不易與遲，除非是大災大病或他人死亡的撕裂。那麼，我應該如何促成林容平的覺悟?如果這是眞理——恐怖行動是窮人的原子彈。」

其後，我們不再交談一語。沉默的透明矽膠包圍亦隔絕我們。二人一心專注的等著一個什麼，蓮青塑膠紅霓虹燈燃亮，電流嗯嗯響。

小虎趴桌上，額頭抵玻璃窗，口中無聲念咒。

我們分屬不同世界。我在的是追求正確與穩定的國度，而小虎是翻揀意義與尊嚴的陌生地。他可能是科幻類型的未來生化人，降世執行其彌賽亞任務，程式設定與目標一起爆破分解。如果因毀滅而新生，他青春的鬍鬚與嘴唇於我的他的世界不增不減，那是plus或minus？現在就有光暖暖且暈染罩著他，他淡然望我，轉動脖子洩出齒輪脫軌的嘎啦，冷氣孔柔韌吊下長腳蜘蛛，馬戲團似的晃、迴旋。更有一股陰風漩渦自另一次元破進，半徑暴長，逆時鐘圈掃這屋梁管線裸露的咖啡店，刀刃的寒冷。而眼球劇烈顫抖，玻璃器皿細心的綻開生之喜悅的冰紋，毫米細，所以共鳴的音速拔尖，激射穿過一對對耳膜，吊起人之十指兩足浮懸空中，附著灰白舌苔的舌微吐，舔著才下降質感油蜜的黑夜。

我們在電視牆解析度偏低而顆粒粗大的影像前道別，小虎抱著那始終未拆開的紙袋大步遠走。如果袋中是如何自製炸彈的函授課程講義我也不吃驚。

不是週末，所以沒有了糖番茄烤玉米的攤子，沒有了金髮碧眼丟彩球瓶子雜耍的小丑，沒有了下棋摳腳的枯荒怪老伯，空氣與地上黑潮的黏而髒，遊人無一不是髮染褐染紅與挑金，一堵碉堡似舞台霸在十字路口，恭候天使下凡傳福音。

如果今之天使存在，混跡此街頭少年中，大眼稚顏溜滑板喝可樂打手機所以甚醜。

如果今有天使而患了失語症。

MEMO　1月29日

林容平邀請華老師爲ICON員工年終演講，「商人、商業與藝術交會的光芒，從佛羅倫斯梅第奇家族 The Medici Family 談起。」

我旁聽，華老師一身的山本耀司卻不露痕跡像個日本高校生。演講重點：

一、商業扼殺、壓榨藝術的成見不正確。商業可以是沃土，培植藝術的奇花異卉。不世出的大藝術家不能以常理規範，唯有成功的大商人懂得引導之，給予空間寵渥之，促使創造傑作。梅第奇家族即是最佳範本。

二、文藝復興的背景其實是奔流著貿易與商人階級的力量。梅第奇家族崛起於十三世紀，掌控佛羅倫斯直到十八世紀，以金錢與政治力交相壯大鞏固其家族勢力，其族徽至今仍是歐洲銀行的象徵物。梅第奇的發展，證明它是資本主義興盛的先聲，好萊塢以之爲本演繹出影史鉅片《教父》三部曲。

三、家族中最富盛名的羅倫佐，本身亦是詩人，被尊爲文學藝術的保護者，將佛羅倫斯的文化推至高峰。他於聖馬可公園辦雕塑學校，挖掘年僅十五歲的曠世奇才米開朗基羅，大力栽培。羅倫佐並雅好蒐藏古籍，集中於家族建立的柏拉圖學園，當時藝文界的領袖菁英盡萃於斯。文藝復興與佛羅倫斯若少了羅倫佐及其家族的俗世力量的推波助瀾，不敢想像能否依然壯麗。

華老師話鋒一轉，說在台灣，以金錢買取政治力，復以政治力擴充財富的梅第奇現象早已行之有年，然而我們的羅倫佐梅第奇何在？金錢財富的功德與善力唯有在這類人手上方得以大大展現。

問到「台灣的羅倫佐梅第奇何在？」，林容平好動容，與華老師四目噹的交接。

我很想學卡通片中的那匹有巨大門牙的馬嘶嘶大笑。

忍住。明瞭這五百年前的義大利佬是傳記中必須引用且大肆鋪陳的典故。林容平將大喜我的冰雪聰明。

敬愛的米開朗基羅先生請原諒，請不要拿你雕刻聖母抱耶穌慟哭大作的鎯頭與鑿子於睡夢中敲碎我寫字的右手。眞要懲罰請施刑於邪惡的左手。

昨天與老蜜喝下午茶，她爆了林容平兩年前的一樁醜、糗事。

林容平在夢想家的告別作是位於市區某大學旁案名「卅三相十五好」，聰明的將地址與佛語融會。基地整妥後，以鋼管、玻璃與清水磚建構一座極具Mies van der Rohe風格的銷售中心，屋後植栽一排碧綠唐竹，階下仿京都龍安寺的禪宗石庭，鋪一層雪白細砂。接著以基金會名義開辦為期一個月的藝文活動，包括爵士樂演奏、小劇場、親子舞蹈教室、名家揮毫、多媒體詩歌朗誦、藝術講座、服裝發表會。雖正值酷暑，數台片廠用大電風扇吹得唐竹嘩嘩清響。活動場場叫好又叫座，卻無助買氣，建商火大翻臉。爲林容平說動參與的藝文界朋友，稍後明白隱瞞的商業動機，無異是爲該案背書，遂一一與林容平決裂。

老蜜說林容平居然市儈口吻的抱怨，那群言不及義不事生產的傢伙，平常吃他的喝他的，居然不堪一用。現在換了地盤去了 ICON，據說已跟兩部門的大頭目一男一女搞合縱連橫，狠狠整了一票人。

我反問老蜜，林容平是否曾找她爲王欽宙寫悼文？

老蜜一愣，「少白癡了，王欽宙那種吃人不吐骨頭的經濟犯，我還有起碼的格調好嗎？這圈子就巴掌大，爲虎作倀傳出去我還要不要混？」老蜜有些訕訕的八卦起班上第一名畢業的玉子，在黃氏集團的女婿手下做幕僚，因爲第三代接棒進行集團盤整，虧錢子公司被迫提出振興方案否則關閉，玉子上司提議中階幹部停薪降低人事成本共渡難關。「企業體要員工做義工，神吧，這些人平常滿口仁義道德，只要是對他們有利的什麼事做不出來？」

老蜜眞心感慨，我們只能背後罵罵發發牢騷，一旦丟塊骨頭下來，大家又搶成一團。職場待愈久愈寒心，成功的要素並不取決於智商與能力，更在於使壞作惡玩陰鬥狠才是關鍵。如同惡人亦人，或才是更秀異的品種。

因此，如何說服自己未來更美好。因此，各自選擇一棵樹爲一己的孤獨國，各自腐朽。

或者，如果有一天我亦變得一如老蜜口中的他們，那一天，並不遠。

分手前，老蜜掏出厚厚一疊影印給我。有空看看囉。

第一本第一頁，標題，「基隆河截彎取直爛泥寸寸變黃金」，「大財團玩『大富翁』個個大贏家」。

第二本第一頁，標題，「市地重劃是暴利新樂園」，「財團養地放長線釣大魚」。

第三本——

我仰直喉嚨灌完杯底的冷咖啡。突來的強風吹得廊下行人的頭髮扁塌。如果一百年後，海島上該走的都走光了，被搜刮得寸草不生只有垃圾塑膠袋，黑影幢幢裡只有跳蚤，慵人東北季風吹起這一疊荒野中的紙堆，啪啪聲響，磨人肝腸，爛泥、黃金、財團、富翁、暴利、樂園，一字字墨跡模糊。如果有未及渡海的拾荒人，蹲下撿字療飢，不幸卡在喉頭而噎死前咳嗆淚下，他最後一眼是如墓碑而遭廢棄的高樓叢林，如我現在眼前這般。

晴日黃昏在04:00與05:00之間找落點，多有不甘。子夜與一天新生同時在00:00，神鬼交班，渦漩狀觸鬚瘋狂抽長。

與薇薇長談後，掙扎著要不要跟林容平解約。

如果我良知發作，痙攣，拒絕林容平，他那麼輕易的就找到另一個我接手。

如果我將良心像亮著的手電筒擲向船外，或像一紗囊螢火拋進黑夜大海。

因此，我依約來到林容平公司。整層樓正舉行忘年會，聖誕節與元旦紅紅綠綠金銀閃亮的裝飾都沒拆，有濃濃的松柏與雪的人工香味，混音的樂聲襯底是電子樂特有的迷離空音，定在一個音階上鑽著，第二層是直升機降落螺旋槳剁剁剁的罡風，第三軌是路易士阿姆斯壯蒼勁的唱著〈What a Wonderful World〉：螺旋槳漸停，潮水般夾道歡迎的蠅嗡裡竄出一句親愛的全國軍民同胞們今天我們在這裡……。

走道以白色保麗龍與報紙糊成一長截腔腸內壁，捕蚊燈的釉藍光從腳底打上，眼白齒白突露。看不見一個人男人女，左邊洞窟一窩套著釘錐黑項圈的人狗，果然狗眼低而僵，不吠不吐舌；右邊一排黑袍白帽修女面朝裡踮腳尖跳舞，紅黃紫綠藍高跟鞋左右嘁嚓蹬。阿姆斯壯亡靈的肺活量還很充裕的詠嘆著，刮得切入迪斯可版的鑼鼓點，花旦捏著鋼絲細嗓唱蘇三離了洪桐縣將身來到大街前過往君子聽我言。腸壁蠕動延伸，屋頂以小拇指般燈泡團成星雲，每眨閃約十秒便大片瀉下燐綠雷射光，簌簌成光瀑。穿過，往左一匣形水缸，嚕嚕嚕氣泡中游著兩粒眼球，缸底一顆頭顱，髮柔順地漂浪著。右方一地洋娃娃，層層疊疊統一翹著刺人的長睫毛，嘟著苞狀的性感小嘴，伸出粉色多肉的手臂，無聲囈語的齊喚爹地媽咪，那麼多的塑膠娃娃金髮大鬈的無性生殖，令人即時下體充血而心慌意亂。

好像是一條腿絆了我，一顛，就進入四面皆鏡的玄關，我低頭避免看鏡，室內有刀叉玻璃磕碰脆響。走入，靠牆櫃子上有燭焰，蠟身臂粗，焰火偶一抽搐，嬰兒眨眼。古老油畫的昏茫與塵灰沙沙落下。以林容平爲首，他們坐成回字形，注視桌上一個橢圓形透明容器盛著一汪紅酒，而那紅映進每個人的瞳仁就成了血魔。

我無處立足，努力辨識一桌人，驚覺他們身上只貼著一層牛奶膜衣，胸前失去性徵，後腦呼應心跳而鼓著一粒肉瘤。

林容平發現我，禿鷹似瞪我，作勢要我爬過去。坐他右首的華老師低眉揚手制止他，眼中酒紅流轉泛往兩頰彷彿胭脂。

幽浮器皿突然嘔的一個滾浪，昇華成一朵紅色雲霧，香氛炸開，一圈人同時半身極力後仰，極力撐開鼻孔嗅吸。紅雲給各方吸力扯成一隻八爪魚，颼的一聲消失。

衆人起立，膠皮臉上罩了一層喜色，緩緩如夢遊朝另一間房移去。林容平大概是嗅吸過量，顏面神經痲痺扭曲，身軀右傾，笑融融像攤浮熱水上。

另一間房仍是三朵燭火交映出一張黑色雲紋大理石圓桌，桌心一隻雙手合抱的大盤子，熱氣與菜香海鮮味蒸騰，盤中以甘貝、海蜇皮、髮菜、鮑魚、山藥、烏參、龍蝦、冬菇、櫻桃精工雕砌一對交歡男女，眉揚眼閉，神情如癡如醉。

華老師與莎拉陳率先背一弓跳上桌，貓在桌沿。其餘跟進，或棲在椅背頂上，共同轉動圓桌，才發現盤中男女於每個面向呈現不同的交合姿勢，臀部是由鮑魚巧妙合成，緊翹飽圓，私處以一撮髮菜綴之。熱氣凝結爲水，附著其上有如熱汗。

麗迪亞以食指揩了一顆放口裡吮，咕嘟一嚥；大牛與安琪拉抱著發燒膨脹的頭，跌下桌隨即躍上。有一人勃起，撐得奶膜衣起皺，伸手挑出一條烏參端詳，臉上悲憤。

欠缺一份巧勁，大概是上一攤的酒後勁太強，林容平總是無法企立太久，索性大字形躺下，嘴拱進盤子裡，呣呣嘖嘖啃著女體的一雙抬高的長腿。

而一如得道高僧的華老師，蝦身負手伸長脖子，鑑賞每一細節，看到會心處，悠長的吸氣，胸腔充滿，竟然飄浮半空，全身濛濛的氤氳著柔黃光。他傾身俯視，慢慢轉圈。莎拉陳、米奇等愕然仰望一陣，面目突轉獰惡，妒恨的尖叫。

另一個幽暗角落，小虎想必杵了許久，一臉落腮鬍，向我點頭，謔笑著。他食指指我，大拇指指餐桌，做了個互換手語，我不求甚解的搖頭。

小虎左手折到背後，摸索開關，鋼片般窗簾水平收起，月亮光，水閘洩洪似灌進，霜青色，因此華老師啪的重跌在盤子裡，其餘咕咚倒栽蔥落地，眼角膜被割傷，痛喊著蛇進桌下。

如果日月並明，交合的光照石成金，耀木成銀。

如果玫瑰深蕊裡香著心與心的諾言，背叛者的額頭生出錐刺而張口飛出毒蜂。

如果燈火輝煌的宴席沒有你的座位，如果你垂手侍立或蹲伏一旁等於畜生，如果丟下骨頭與肥肉那美麗拋物線的彩虹，你接是不接以證實的確有上帝及其狗屁的反面的恩典。不接是褻瀆，接是自瀆。

月光浸得腳底冰寒而指尖刺痛。

林容平忍痛鑽出來，身上衣膜一遇月亮寒光便蓬蓬冒煙；他僵著手按了開關，重把窗簾放下，伏在牆柱上喘氣。

月光洪水一寸寸給壓縮，剩餘的稀微裡，小虎雙手舉握一把剪樹籬的大剪刀，張開刀刃成V字，鋒刃游過最後一線可喜的薄亮，走向背對他的林容平。他笑得何其燦爛。

窗簾完全放下，黑暗覆罩。

靜候頭骨被鉸斷的喀嚓，如果動脈的湧血一似葡萄酒的香醇。

有物件滾到腳邊，我撿起，是一根蠟燭，火苗初芯幼細，夠照見地上一窠人蛇，一條條汗晶晶的翻轉、遊移，企圖找出一個讓快感極大化的串聯體位。燭油滴濺我手背，我腰腹一陣熱意。他們仰臉與甩頭的間隙，我認出所有的臉，泌著油汗的瓷白臉，那麼專注於生之愉悅，一次又一次的推擠抽動，所以空白。我握著蠟燭的手被燭油黏結而張不開。而他們像玩樂高玩具，隨機的不斷組合二具三具四具不同的器官與姿勢，所有的孔竅與叉縫皆被塡實，所有的毛髮都濕了。

於肉體的喜悅與痛的頂巔，如果見到一閃而逝的神，捉到虛如煙霧的靈魂。

所以，我從指尖開始成爲蠟炬而熔化，流進那膚色的肉池，唯有指甲是堅硬之物，可鄙可厭的浮沉著。

89年2月20日C報

豪宅元宵宴　驚傳爆炸聲

多人傷重命危　警方追緝恐怖分子

〔記者常蜜台北報導〕位於台北市郊區的豪宅「綠巨人」，昨日元宵節晚上十一點二十九分，轟然傳出爆炸巨響，總共有十二人分別受到輕重傷，五人傷及要害，流血過多，一人恐有失明之虞。傷者皆在榮總搶救，姓名身分皆不詳。

爆炸地點在該大廈十四層頂樓，屋主爲現年四十五歲的林容平，曾是房仲業頗負知名的夢想家廣告公司總經理。警方初步勘驗，排除是廚房瓦斯爆炸，確定是人爲，且炸彈製造精良爲國內罕見，幸運的是炸藥分量不多，所以殺傷力並不強大。至於主謀是誰，行凶動機爲何，警方正深入調查。

炸彈是被安置在客廳，當時有十三人歡慶元宵，都是屋主的朋友。屋主林容平表示，爆炸發生前約三十秒，他接到一通國際電話，因客廳不方便講話，他上樓去聽，樓梯上到一半就突然巨響。雖逃過一劫，林容平難掩懼色，不願臆測究竟是誰下此毒手。

院方拒絕提供傷者名單，僅表示有五人傷勢相當嚴重，送到醫院時已呈腦死狀態。雖全力搶救中，但情況很不樂觀。

由於炸彈襲擊民宅案件在國內非常罕見，警方甚爲重視，正全力查緝行凶者。

MEMO　2月28日

　　　　但到底爲什麼
攪動一碗玫瑰葉上面的灰塵
我可不知道
……
　請往下再走，直下到
那永遠孤寂的世界裡去，
非世界的世界，但這就是非世界，

……

罪是「吸引人的」，但

一切都必美好，而且

一切情形都必美好。

……

　　　　你說我在重複

我在前面說過的事情。那我要再說一遍。

我該再說一遍嗎？爲了要抵達那裡，

要抵達你現在的所在，要離開你現在不在的地方，

　你就必須走一條沒有大喜樂的道路。

爲了要弄明白你所不知道的事情

　你就必須走一條叫做無知之路的道路。

爲了要擁有你所沒有的東西

你就必須走一條喪失剝奪之路。
爲了要弄明白你原來不是什麼
　你就必須經過一條你不在其中的道路。
而你不知道的才是你眞正知道的
而你所有的正是你沒有的
而你現在所在是你現在不在的地方。
……
而一切都必美好
一切情形都必美好
等到這些火焰之舌都收捲起來
成爲這個火之冠結
於是這火與這玫瑰爲一。

——節錄自T‧S‧艾略特〈四首四重奏〉*

*艾略特之詩爲杜若洲譯，《荒原‧四首四重奏》，志文出版社。

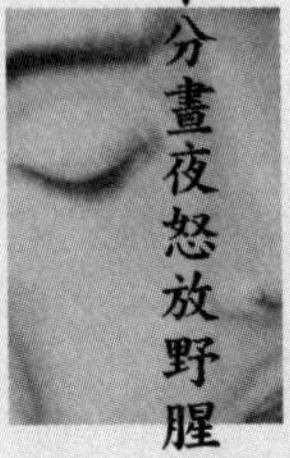

梅雨裡不分晝夜怒放野腥氣，一床潮暖的詭綠陷阱。

獨孤有巢氏

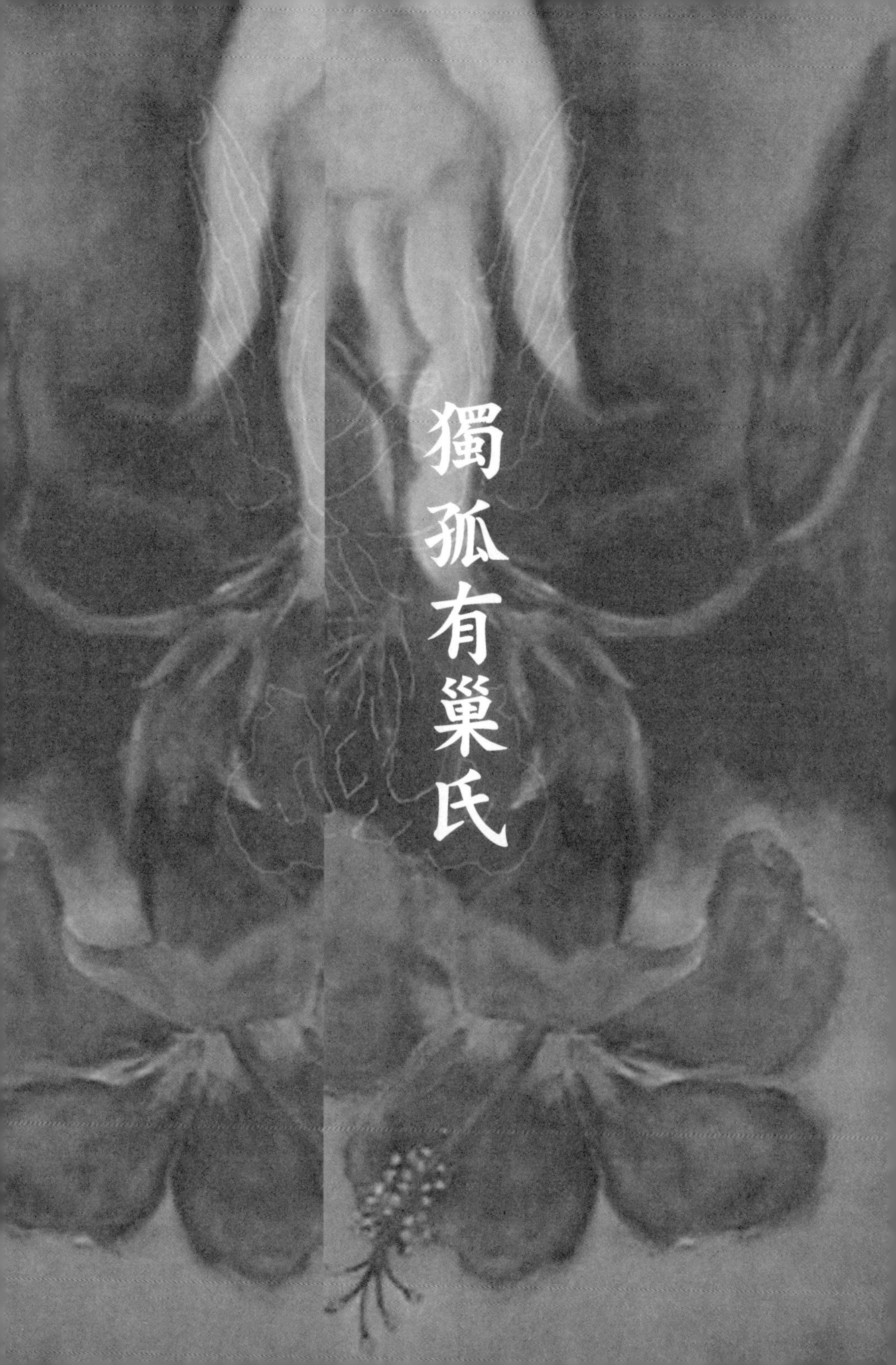

一年之間的某一段節候，譬如今日；一天當中有這樣的迷離時刻，就是現在，太陽隱去，被冤屈的推翻到高地另一邊的一排遮星豪宅後，空氣濁灰，盆地裡熬煉劇毒似沸滾著一大鍋的一氧化碳與硫化物與落塵。大功告成之日，就是她下山重返紅塵之時。但是此刻，她唯覺得乾燥恍惚，從口腔出發蔓延，兩腳枯槁，腳跟角質層龜裂。對望的大屯山系，變得面目可憎，微妙之光俱不存焉，只有邪氣氤氳。

絕對料想不到，有這麼一日，望遠成了沉重的負擔。年少無知，她總動容銀幕上自轉的地球，渾圓美麗如一顆湛藍淚珠。

是從高地最後一塊坡地給活活剝皮鏟平開始。然後山前山後高張起海盜船帆似的塑膠布，其上大字歷歷，她堅心從不相認。然後工程夜以繼日，雲梯般機械怪手進場，強暴式打地樁，一日挺入、擊刺、抽送數千次，震波輻射，撼得通體酥麻。阿湯每每受那頻率蠱惑，特別持久不洩；黧黑臉膛，泛著周身疾疾運行的剛強血氣的紅光，笑瞇瞇。她迫於道義，不好壞了他興頭，伸手到腹股溝，糊了一掌的黏汗，竟好像挖地基引流出土的豐沛地下水。

她手高舉，迎光一層水膜，脫口說，應該很甜，mm？阿湯頭一潛，盡責的嘎滋嘎滋的舔。她看著阿湯粗硬一頭濃髮，節奏感極好的起伏，是一匹馴良的人獸。因爲感動，背脊游過一絲戰慄，此外，盡是曠野。

深深的想念以前的草木猖獗，梅雨裡不分晝夜怒放野腥氣，一床潮暖的詭綠陷阱。吸收過量雨水的以蛇木、過山貓、腎蕨三種爲代表，其羽狀複葉泡漲得盛氣凌人，如同葉劍。濛濛亮的鋒芒毫光，用點心就分辨得出新綠與老綠。那嫩芽幼葉的顏色，意在言先，生機翕翕吹出氣流，醒腦的薄荷味。近端午，山溝日裡夜裡漉漉淙淙高分貝的瀉流，逝者如斯夫。她藉著雨以及雨聲掩護，匆匆下了一趟山，滿街發出醃漬味，她單薄穿一襲黑衣，無有任何配件，甚至手錶，撐好大一把鐵骨黑傘，久久不與人語，所以畏光似的怕看人。躲進連鎖咖啡店，影子映在落地玻璃任路人踐踏，她脫了鞋互搓兩隻光腳取暖，引來鄰桌一對時髦男女的白眼。敗寇般爬坡返回，臀部匍匐的溢出傘外，水腥濺上大腿內側，一行痲癢的螞蟻往上搔爬。總覺背後有一雙眼睛追趕。邋遢滿坡的茅草，像山下的某政黨，腐而不死。坡後是一所小學，只聽過上下課的鈴響，童聲童語匯成浮沉著塑膠垃圾的潮汐。來日長大都是一顆顆仇恨的種子。

她猛一轉身，遊目四顧，眼前浮起裸身奔跑在密林的畫面，水氣濕霧，天光阻絕。很想捨身闖進那畫面裡。

幸虧有阿湯幫她除魅。帶來工地的長筒膠靴，圈護著她一大步跨進，遍地賤長的咸豐草車前草咕嘰哀嚎，山氣傾盆潑了一身。矮蹲在一棵傾斜的蛇木下，頭頂被大滴水珠鏗鏘敲擊，張望天晴，夜晴，以便觀天象，看星圖。無非是都市人的制式浪漫。兩人所在根本是貧瘠得可憐的市郊坡地。阿湯的大手溫厚，腳下的泥漿粥粥，試圖以野蠻人的眼睛望去，平常生活著的世界異樣了。

視線筆直射去，是她住處大樓黴黑的背陽面。通往出入口封死的地下室的車道，道旁一棵骯髒多瘤結的好像是茄苳，樹根旁攤開幾張姑婆芋，可推斷有多潮濕。偶爾行經，樹蔭陰森像保濕面膜靈異的貼上。外牆的黑黴則胎兒般的日益壯大，形狀數日一變，她仰望而悸怖它是在尋找宿主，找到了便啪的剝落掉下附身。

高地起集合住宅高樓，至少十年歷史，市政府主其事，內部格局與建材極陽春，遑論公共空間與設施。呈H型配置，左前右後對角線有大門，中心兩台電梯交替浮沉，電梯裡三面鏡子魔幻寫實的貼滿了大大小小的搬家、捉漏、通廁所的廣告，狗屎味與垃圾廚餘的餿腐盤旋不去。因此牆上有惡毒著書，一行歪斜白字：「豬狗畜生，放任你家寵物在電梯內大小便，全家死光光！」旁有回應，「操你媽B！」阿湯受此感召，當下涎著笑撩起她裙子，伸手去摩挲。

形式從屬於機能。當初的建築師迫於威權，因此廊道非常空曠，可以放風箏，以便軍警臨檢。有志一同，門口堆棧起盆栽，更多的是廢床墊、壞電視機、舊櫥櫃桌椅，三四個銀盤旗座排一排，順應節慶插著青天白日滿地紅，偶爾門框插三炷香，青煙一縷如靈魂出竅，狐穴耶鬼屋耶。即使搖搖晃晃出一個毛裝或中山裝加白襪黑布鞋的重聽老朽，也不令人吃驚。夜半夢中遊蕩，見過傳言裡因爲好奇忘了縮頭而被搬家工人失手的冰箱砸死的少婦與其幼嬰，脾氣躁烈，母子爲爭一張藤椅扭成一團。幼嬰未曾出世的眼睛有著純粹的殘忍。

也有拾荒癖性，不知他們如何截取拖回一段段的奇矯枯木，好大一塊紫紅色聚酯纖維地毯，一人高泥金框鏡面斜劈著一條閃電裂紋。靠窗角落另起爐灶，慢則蒸燉，快則爆炒，總是重手用了大量蔥蒜辣椒八角茴香。探頭呼哨，「留——仙，吃飯了！」音質亢亮。

高樓多悲風，她的住處大門正對著廊道一扇窗，可供從容跳樓，窗旁赫赫洞開樓梯間，一日數回，一道氣流的蒼龍自地底扶搖直上，空明的呼嘘裡，她開門即見窗內銀藍天色，有著幼稚怯弱的月亮。

一切，彷彿死去的人回望他生時的吉光片羽。

遲遲不願開燈，鍋冷灶冷，手腳微涼。慶幸十二樓高讓屋主心存僥倖不裝鐵窗，陽台視野廣闊一如寬銀幕，屋內因爲夜色山氣湧進晃漾似藍洞。洞中人夢中人，阿湯幫忙卸掉玻璃窗與紗罩，同去採過一次枯草，悶燒驅蚊蟲，嗆得兩人咳淚不止。

沸騰煙陣裡，各自神遊。阿湯與她從不交換彼此的身家背景。鴕鳥心態的以期每次交合保有陌生人的新鮮感與神祕嗎？不全然是。她比較喜歡的比喻，認識親密愛人好像一場拼圖遊戲，過程需不時警醒、冷靜。雖然以前幾場不愉快的經驗，其實更像大體解剖，她屢屢半途廢然搖頭，感嘆，眞是一條黯淡無光的生命啊。

阿湯無從歸檔，在她的認知之外。是薇薇安朋友的朋友介紹來幫她搬家，一人開一部載卡多，濃眉深目，汗臭嗆鼻，赤腳滲濕木地板，話講不清就傻笑，上下樓幾趟，肌腱緊張的小腿劃出一道血痕。她俯身幫他消毒上藥，內心湧起一股奇異的柔情。那是像樹根一樣深扎於土地的一雙腿，時至今日，已屬珍稀。

想起年輕時背誦的歌詞，你的美麗在我的傷痕上如同碘酒。淋上雙氧水，他吃痛抖了下，輕輕搽上紅藥水，地心引力拉出溫涼一條痕，多像夜半思念人不可抑制的愚蠢淚痕。

夜深不肯睡去，阿湯盤腿抱著一罈梅子酒直接舀飲，喝出一身芳甜。那是四月過了，阿湯返鄉帶回一麻袋青梅，轆轆滾了一客廳。他教她釀酒，日曬風乾，淘汰窩蟲的壞果，未及完工便兩手沾滿糖粒匆匆走了。

阿湯自來自去，快樂無負擔。少也賤，故多能鄙事，所以他什麼勞工雜役都做。來她這裡，進得屋中，三兩下剝光衣服，往浴室衝，蓮蓬頭嘩啦啦水聲裡，響亮流麗的吹口哨哼歌，滿室生輝。

他丟成一攤的衣褲冒著寒腐的水泥味與工寮的檳榔酒氣，桌上散布口袋掏出的物件，紙鈔硬幣、發票、廣告傳單，揉得一團團，當然香菸與千輝打火機，甚至三兩片指甲月牙、起毛牙籤、迴紋針，KTV髮廊牙齒診所網路電玩店贈送的小包裝衛生紙，還有保險套。他不帶皮夾，不帶身分證明文件，萬一不幸橫死道路野外，就是一條啓人疑竇的無名屍。

她在窗邊天光裡，將他一身瑣碎分門別類，居然很像遊獵時代的穴居女人，檢視其不定居男人攜回的獵物，一一好奇，繼而不滿。

那一次阿湯瘸腿負傷來，解釋是從鷹架大意躍下扭了腳踝，超乎常情留下休養了一週，廢耕忘織的一週，夜夜晴藍，阿湯遂主動告知她許多。

傾聽給她莫大的神遊樂趣。應該如何稱呼與阿湯一起吃喝拉撒睡、同工不同酬的一群？逐工地而居，皮肉黯黑，某種程度與古埃及奴隸相似，終其一生被獻身於建築金字塔或宮殿，然而那些超自然建築物必將鄙視且繼續奴役他們及其後代。工程浩繁，一身曝曬太陽下，除私處外無一處倖免，重複再重複所作所爲。對抗那龐大荒謬的小小幽默，就是阿Q的在粗胚時的樑柱牆縫留下一坨屎一泡尿，以茲紀念。

盆地裡不擇地皆競建豪宅，傳言某大強盜企業家第二代重金禮聘北歐一班工匠，一年爲期精雕細琢裝潢其價値億元宅第，木料自泰緬邊界、石材自南歐礦場進，家具器皿大抵自德國瑞典進。爲優遇該批藍牙國王的千年後裔，大強盜企業家敦請名廚，餐餐供應好酒起司煙燻鮭魚，定時定額上下工，每週招待桑拿浴解勞。所謂寧予外族，不予家奴。

阿湯群落，逐工地而落地不生根，不應該浪漫之喚作城市吉普賽，但確實臨時住處如洞窟，習慣和衣而眠。他們維生技藝的學習門檻如此低，所以群落命脈之所繫日益單薄，勢必、已經不敵賤價賤命的外勞大軍。

竹竿搭就的鷹架，取竹子的柔韌，罩一層綠色紗網，防止泥砂碎石掉落。秋冬收工的夜晚，結構體烏沉沉像巨獸酣睡，紗罩經風聳動，似是茸茸的獸毛，特別容易引人哀傷軟弱。最厭煩天冷時竹架吃風的哀呀怨氣，簡直是敗家衰人的先聲。朦朧黑暗中婦人晾衣，等地熱讓晚風涼卻，漫無目的愈走愈遠，張望鬧區的燈光烘亮天空，將來要指點子孫知道，某地標他們埋了一雙鞋，某處，一包頭髮加破爛工作服，某街口，一枚臭烘烘蛀牙，一塊皮肉或一節手指配一包止痛錠。子孫中若有天賦特異功能，神經雷達定位出先人遺蛻所在，不必大街上痛哭流涕，但求將故事流傳下去。

原因不明，迄今仍未準備好接受進步現代化的阿湯群落，好像無異議不抵抗的被召募做勞力先鋒，開發一塊塊城市土地，阿湯與其父祖共三代甘於出賣身體髮膚，但阿湯終於覺悟，到他爲止。

在一份房地產廣告，阿湯蠶食讀著一頁：每一層樓窗的分割有三種高度……室內投下了劍橋課室裡一般的光影。大面積淡色窗，夏天時會將亞熱帶的光柔化，窗框是白色，和周圍的教堂、大學、鐘塔取得視覺協調。每一戶都是雙面採光，可以讓巷口七號公園綠樹們濾過的風，穿過室內，到達巷尾的永康公園。

阿湯問明幾個生字，搔頭問：這是會實際發生的嗎？

她答非所問：你將來或許可以買得到，但現在肯定買不起。絲毫沒有要傷他男性尊嚴的意思。

不覺悟不行。阿湯次次帶來一疊印刷精美的廣告物，陷惑其中。她憐惜的暗暗祈禱，他不要十年二十年後變成另一個大強盜企業家。

並肩反覆讀取如此一段：餐廳地坪及牆面為義大利北方的銀霞石；衛浴地坪及牆面為義大利南方的萊姆石，屬於沉積變質岩的大理石，隱約看得見其中數百萬年的貝殼化石；黃金花崗岩的外牆則嵌入抗酸雨抗玷污的氟碳烤漆鋁板，傳統與科技的融合。

見他皺眉苦惱，她揉揉他的腦勺。含笑將一盤橙皮瓜子殼倒進那張廣告紙，摺疊包妥，起身送進垃圾桶。

阿湯下次有備而來，說探險去，摩托車載她呼嘯下山，遠行到基隆河堤岸荒僻地域，天空頓時很低，夜雲接地滾滾疾走，機場有鐵鳥起降，颳來酸涼大風。潛入野草叢後一棟巍巍大樓，白天他來逐層逐戶地坪打蠟。一條黑得碧熒熒的狼狗咻咻的前來嗅了阿湯一下，卻警戒銳利的瞪她。阿湯跪地與牠褻玩，熱情的摩搓牠頸項，貼臉親吻，吐舌哈氣，歡愉的交換狗語。她恍然大悟，阿湯有時待她不過是一條可以人立的母狼狗。

從側門入侵，阿湯持手電筒前行照亮，走樓梯，牆邊堆置生猛石礡水泥，彷彿古墓裡行走。狗娘養的傑洛米滾回澳洲了，這下你可以寬心了吧，不過他也沒吃虧啦，銀行戶頭飽飽的一筆進帳，夠吃個一年半載，是大衛跟他的deal，唉，終究鬼佬總是護衛鬼佬的。當然傑洛米是華裔，可他會承認自己是華人才有鬼。狗娘養的傑洛米，阿湯幫忙取回薇薇安的信上這麼寫。她在黑暗中笑了，薇薇安人前與她情同姊妹，必然背後八卦她是條母狗，跟傑洛米絕配，裝什麼可憐相嘛。趁虛而入，她猜得到薇薇安必定在傑洛米上飛機前再度誘他上床成功。那陣子兩人天天吵，憤而出走避到薇薇安家，行李袋意外塞了一件他的亞麻襯衫，薇薇安提著領子，抓著兩隻袖子抽打她一下，意味深長的說，搞不懂ㄟ你到底不滿足什麼。一身鍾愛香奈兒五號的薇薇安。在停電的夜晚那經典的香味從他頷下鑽入她鼻頭，閃電般她伸手一抓，傑洛米固定一週去三天健身房的拳頭一砰回擊，血流進嘴裡，不痛不痛，異樣的如吞活蛇。

阿湯左手拉她，右手握拳一捶大門，解釋是防爆防火防烏茲衝鋒槍的金庫門，四邊共八根鎖軸。掏出一把銀色大鑰匙，他對著吹口氣。

竊國者侯，竊鉤者誅，竊用此豪宅者莫非無恆產無恆心。門開啓，室內之縱深廣闊，客廳高六米，一道階梯羚羊掛角往左右延伸，阿湯大鳥展翅拉著她飛跑參觀每一間房，兩人腳步的音波煙火四射。是道深奧的心理測驗，每扇門後空無一物，只落地玻璃複製了他們的魂魄，兩莖人身之花。

客廳懸掛一盞幽浮水晶燈，當初的廣告情境塑造如是說，置身這樣的空間，菁英文明的感覺將華美包裹您每一個毛細孔。阿湯飛身跳躍去摘那水晶墜子，肩膀架起她疊羅漢，仍碰觸不到；野起來，不放她下地，嗚嗚亂叫，繞圈奔馳。她雙手揪緊阿湯頭髮，雙腿夾緊他脖子，細囓的顫抖電傳上牙床，她抽搐大笑。

阿湯突然縮頭，讓她自半空跌進他臂彎。他膂力強大，捉住她一手一腿，像花式溜冰輪轉她整具身軀。

他們前所未有性愛的前戲。眩暈中，她看見自己破窗飛墜，四肢大開躺在泥漿草叢，黑狼狗暖濕的鼻子妒忌的來嗅她的下體。她一嘴的血與唾液啐在傑洛米雕像般的臉上，他怪叫一聲，腳一蹬踢她下床，手一抹，了然是血，撲過來抱她，喃喃著「Honey, sorry.」不痛不痛，更早她看過他們的結晶被鑷夾出世，重重的丟進不鏽鋼金屬皿盤，冰冷的溫柔。好像猿猴一樣給阿湯正面摟抱著進入所謂的美式廚房，被扔上大理石檯面料理檯，阿湯扭開水龍頭垂首去澆，卻澆出更焚亮的一對黑眼睛，咧開一口白牙。鴨嘴擴張器伸探進去，一種咎由自取，她不畏怯，島國一年計墮掉十萬胎，十萬嬰靈十萬軍。阿湯背後的超大冰箱足以封存兩具高大足球隊員，或一家三口屍身。其後，好流汗好健康的阿湯奮力騎著她取悅她，體液漾濕地磚。

兩人交纏一體，發著熱氣或匍匐或拖行，留下鹹味水痕。她的髖骨來日不會承載孕育一條生命的重量，只會記得這夜與高貴石材的碰撞。

冷冷的注視阿湯射精地上，綻放善男子的笑容。

那樣夜裡匆匆一場來去，其實內化改變她甚多，讓她更安然舒適的放逐自己。阿湯並沒有來得更勤。她一人或在廊道窗口，或上樓頂，陽光普照，像一株觀葉植物。

學習觀測太陽的暖度與色溫，風向與強度，學習做個無用廢人，向陽山坡瞌睡著雲影，午後三點，盆地灰髒煙塵漫溢，漸懸浮不動，銅黃日光折射，在高樓砌成的峽谷，輝煌的死亡時刻。等待她修煉得道，撮口祭起大風吹散。

她要阿湯幫忙購買野菜圖鑑，按圖索驥，先從那棵茄苳開始，葉片曬乾可泡茶，冬春之交的嫩葉可炒食，秋冬果實成熟，以糖或鹽醃漬一二日，味道甜美。她在樹下仰望，惶惑不知從何著手。想到吊人樹。佛燄花序的姑婆芋，根莖含大量植物鹼，切片少量煎服，可治腹痛，全草搗碎可敷腫毒與皮膚病。斟酌適度即是良藥，否則就是毒。

撥開比她高的茅草叢，漫山坡胡走亂逛。荒淡午後，瓷磚樓宅裡有練鋼琴，琴聲茫茫，連同冷氣機水滴落；有誦經畢的例行擲筊，落地脆叩，神仙響應；有性別不知的小孩銳利哭叫。鐵窗遍布，塑膠浪板與黃色紙箱與披頭散髮盆栽封死隔絕空氣光照，令人懷疑內有藏屍，每日正午中夜，口中念咒而以營養符水勤拭全身，任其肉身乾縮，體重不減，所以堅信有朝一日它會回魂還陽。一種不足爲外人道也的幸福。

樟，春季採其新芽嫩葉煮湯，全年採老葉曬乾磨成粉，當辛香調味料。咸豐草，昭和草，車前草，取嫩莖葉洗淨或氽燙後，再素炒或加肉絲。山芙蓉，黃槿，採其新鮮花朵，去萼，和麵漿油炸。銀合歡她則礙難苟同，莢果種子炒熟可代咖啡泡飲。

經霜打過的草葉更甘甜，不間斷的老日頭焙乾的漿果最飽實。

或者前夜大醉，一覺甦醒，阿湯已先行離去，空腹不知餓，不知時辰，搭尿臊電梯下樓，走上山坡，日影露涼，空氣的濕度逐步加濃，回望來時樓宅，果凍般黏潮虛軟，稍稍傾斜；昏昧光陰裡有幾戶開了燈，微黃輕暖，那樣體貼的心腸教她躁鬱。隔鄰房東孔先生，校級退役的北方大漢，一雙病眼紅熱，委身市府開垃圾車，常常半夜收工回來，在她門口放一塑膠袋某連鎖店過夜即棄但仍可口的麵包，她礙於不能言詮的自尊自憐從不吃，放著發酸發餿。分辨不出省籍的孔太太，矮瘦精明，敞開大門煲電話，解盤股匯市，仲介婚姻，拉保險，直銷化妝品花粉兒童美語教學錄影帶，連講數個小時依舊聲音清越。孔家客廳深深埋在灰沙灰塵裡，地上拖著一條電話線，不見主人，但有兩隻豔藍鮮紅塑膠圓凳。

阿湯抱著她耳語說翻過山坡有棵烏臼。除去種皮，種子可提煉食用油。浸了濕氣而拜倒的白茅，其中窸窣響聲，不可能是蛇，會是一隻精瘦野狗叼一截手腳或腸子？多年生常綠蔓性藤本植物譬如西番蓮，吊著剝光衣褲、眼珠挖空的洋娃娃，濕霧裡一如死貓吊樹頭的盪著。死屍由眼睛開始腐爛，活屍則由心眼開始臭穢。洋娃娃玫瑰色的頭臉身，嘴唇花苞撮起，索求一個吻。不禁憤怒的拾起石塊去Ｋ。高處浮張起牛奶膜般的霧。

根本是陰晦的大清早？或是在時間裡迷航了？

我這不能叫自私。傑洛米辯駁，我們來自不同的社會，不同的價値體系，OK，在我那裡強烈的自我意識是被給予高度評價的，是成功的必要條件，否則無法與人競爭，就只有被淘汰。你以爲我今天的這一切是怎麼來的？你別總以爲你們Confucian的社會就比較清高，其實都一樣。難道你不愛吃好的用好的穿好的住好的，你的毛病就是不知道自己要什麼。其後，傑洛米抱她的姿態日漸僵硬。

眼前陡升起山壁，前行有一畦菜園，三塊矩形台地，嚴謹分治，圈以一排工整竹籬，垂掛水桶勺子圓鍬，一邊掛著一人寬的千元鈔海報，蔣中正慈眉善目微笑著。勺子滴著水，證明主人才來過，或者孤僻的躲開生人，隱蔽處偷窺她。看著密擠而潔癖的長著的青菜，其上籠著碧綠如煙似霧，濕地上拓著兩行腳印，她追隨，直到斷絕。踏在最後的腳印上，蹲下去，設想他是個古怪寡居的老榮民，或是通曉奇門遁甲的修道人。她將認他爲父兄，成爲忘年之交，相談到傷心處，掩面大哭，必要時義不容辭答允爲他傳後嗣。

在無人可夫與人盡可夫之間，更需要仔細挑選伴侶，小心呵護私處與身體的用處。手張平觸地，有微微震動的頻率。

怎麼不再前行？夢中的烏臼紅炎炎燒熱著在等，直覺卻告訴她無論如何找不到它。

找不到了。地基開挖、打樁工程已結束，繼而進行灌漿，信不信那山壁將成擋土牆，老榮民若敢去抗議囉唆，神鬼不知的給暗殺肢解，和進水泥漿裡，沉冤不見天日。

霧夜的擋土牆，寸草不生，癩蛤蟆大軍掩至，嘶嘶吐舌，以毒攻毒，腥臭突擊藏垢納污的樓宅。命定復仇失敗，遭翌日太陽嚴酷烤斃。

阿湯不覺悟不行。她的洞穴已形同草藥鋪，白日不開燈也散發一層蔭涼的綠光，食用之餘曬乾陰乾風乾，沉澱植物的屍香。分科別屬的或串紮倒掛，或莖葉簍裝、果實種子瓶裝，以便她蟄伏過冬。其中一玻璃罐梅子酒，當初貪心壓得太密實，沉默的發酵中爆裂罐身，蜜汁汪了一櫃。

樂在其中，勞動愈久，臂部愈鈍而低。阿湯來，照例先去幫她開信箱取信，一捆，她懶得拆。喜樂的看著阿湯，更黑更精瘦，說是在趕建一個廠辦樣品屋，設計成外太空補給站的科技感，運用許多弧線與桁架。又吞吞吐吐的提起新近認識了一個菲傭，名喚瑪那，過去幾星期的假日都在一起，甚至上教堂作禮拜。她不以為意，只是笑得有些恍惚。

盡責的去買回雞魚葷食，讓阿湯飽餐一頓。飯後，雙手油膩，各據一個桌角不言語。她返身繼續收編儲藏的工作。阿湯到她身後問，要不要把玻璃窗裝回去？她答，若有事想走就走。他傻笑，反而戀戀不捨不敢離去。脫水乾透的草葉觸感如絹似帛，相互摩擦空脆清音，呻吟飛出一隻蟲，是她的妒意。檢視他的手，斑斑的好幾處錘傷釘痕。

細細撫慰。夜風搶進，把原是床單的一幅藍染布帘飄起波浪，猜測阿湯懂不懂她是在留他？山色墨黑，相思的血塊。遂告訴阿湯梅酒罐脹破的事。

從阿湯口舌嘗到未曾有過的鹹味，瑪那。

被阿湯的鼾聲吵醒。左側給偎得暖暖的很舒服。聽見隔壁開關門，大概孔先生回來了。蟬蛻般輕輕起身，兩個人合睡畢竟有著踏實入世的感覺。右腳落地，才覺整隻腳掌痲腫像糯米腸，扶牆走，每個腳步盪起寂靜嗡嗡響。

去開自己的門，這一次應該能遇見藍色的月亮，她想，等待已久，邊緣起了毛球，照見自己虎口墳起握持一把晃亮如水的鋼刀，刃身一紋溝槽。卻步而且吞了一口口水。阿湯一頭濃髮在月光裡灩灩的抽長。她理當會是一個盡責的守屍、守靈人，每日亭午夜中，口中念咒而以營養符水殷勤擦拭，任其肉身乾縮，體重不減，所以堅信有朝一日它會回魂還陽。一種自給自足的幸福。

洞開大門，立在門框之中，整身像一塊明礬臥到水底。

藍，月亮。所以空明之風決堤灌進，沖刷她的骸殼如史前化石，飄飄然空無一物。

太初有光，太陰之光，她的光。

苔綠幽光中優柔的、棄絕的下降，探底。

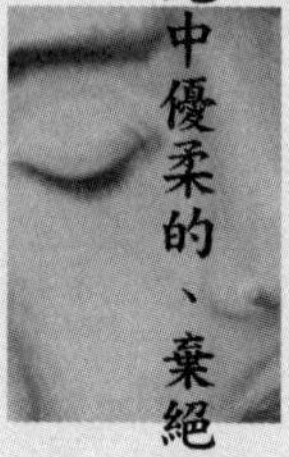

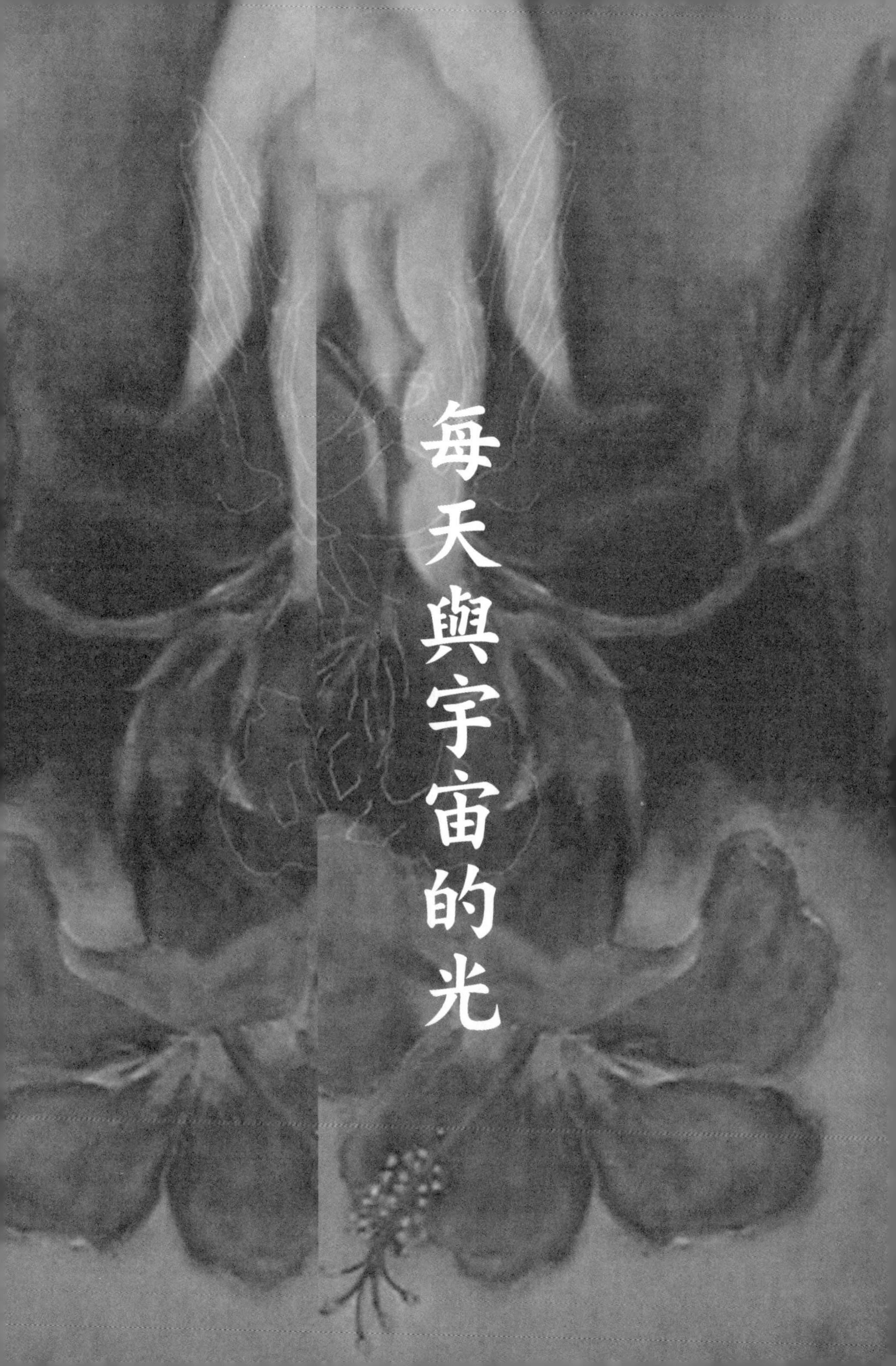

每天與宇宙的光

夜復一夜，在睡眠中，在夜與日的接壤處，覺得陸沉，島沉，屋沉。最後，只是一個長方匣子，苔綠幽光中優柔的、棄絕的下降，探底。

是他的老友安琪拉做的主，「不囉唆，幫你租下了。我弟媳婦的阿姨的房子，雖是地下室，也不全然，港仔講的半土庫，三年新，水電全包，五千。你馬上就要只出不進，不能開源，就得節流，去吧。」蠍子似的安琪拉，良心發作時總待他如妻似姊。

初夏雷雨後橙黃梅紅霞光中，他搬進來。牆壁簇新，未有釘痕與水漬。坐在油彩般的餘暉裡，對著未開機的電腦螢幕，湧上昇華的快樂。一切靜好。

只除了影子太多，鏡子太多，樓梯間、走道一路掛，迴映返照，勾魂攝魄；所以夜來雜音也多。

大隱隱於市。他日日作息健康固定，其淡如水而自得其樂，看書，讀一點佛經，聽音樂，摻一些New Age，上網，散步，學太極拳，一天天的退化了物欲與情欲。自覺很像一仙蠶。

還是安琪拉看不過去，幾次打電話總是占線，替他再申裝了一線電話。

一切的崩壞始於圓滿，動亂源於靜寂。

電話來時，夜氣膠稠，黏在兩塊A4大小的氣窗玻璃上，窨出一掛水汗，數數總共有六顆特別的大而圓飽，一吨一吨的滑溜，徒有筆意但不成文，像扶乩的亂碼。望久了膀胱熱脹起來。

電話另一端的女聲粗嘎，屏息兩三秒後才哭腔試喚：「浩？」

得不到回應，她吸氣，扁塌鼻腔蛹一般的歙動。

幾次以後，厭惡那蠢女人呼吸的酸餿，卡噠將話筒擱在地板上。地氣傳導她的聲線，「你這樣逃避是沒有用的，把我惹毛了，我就跟阿不拉把一切抖出來，我們一起死。我說得到做得到！」

「浩……」

心軟拾回話筒，讓她聽到他胸膛換氣的起伏。她好像立即下體洩濕了一片，喉嚨漾水，「再給人家一次機會好不好？」

他臉埋入枕頭，小幅度左右滾擦，含糊的嗯一聲。

她會錯意，喉音燙顫，「剛剛是講氣話，你不曉得，人家已經好幾天沒睡好，皮膚變得好乾。你就只會罵人，我們愛得這麼苦就要一起承擔才有意義。我知道你害怕，我更怕，都不知自己還能撐多久。但我們一定要互相挺啊，一定要幺下去，我們要給自己機會。黎明前總是特別黑暗啊。」「你要罵我傻就罵吧，只要你不要不理我。你現在過來好不好？浩！……」

仰躺枕頭上的話筒漸漸給催情成溢著溫膿的一根陽具，勃勃而哀怨的淌汗。

夜夜扣應求情索愛的無名女子，翻來覆去只有那幾套話，他悲大於憫的將之錄音存檔，請教52號星球如何存入電腦硬碟。蹲在桌下分辨那一團訊號線與接頭的合榫，他忽然看見她胃痛似蝦蹺在床上講電話的樣子，乳房垂墜，而乳暈泌著鹹汗。

那時候的霧，洩露了天機，稍後將是熱晴的白天。

市府爲預防颱風季節才來剪鋸過的白千層，汩汩冒著馨香如同汽化血液，包籠著樹下的他們，讓談話輕鬆快樂，像仙人弈棋。

爲什麼email代號是52號星球？啊很早便喜歡寂寞星球四個字，碰巧電視廣告叫嚷著爸爸餓我餓我餓，就順手拈來。當天游了一下午的泳，從日正當中泡到日落，水面流霞泛殺機，開始發抖了，才回宿舍狂啖西瓜灌台啤，現在全身嘶嘶蒸著熱氣。

52號星球，手長腳長脖子長，臉皮暈一層油紅釉光，身體透著一股清剛的日光味，繼續說作過幾回的一個夢，走在類似通往佛羅里達州 Key West的七哩橋，一枝獨秀伸入杳杳海天，四方無限藍，有兩尾座頭鯨作伴跳躍前行，魔力誘導走進那片玻璃汪洋。

啊總是海水淹到鼻孔就嗆醒了眞是可惜。

52號星球的聲音有著夢的流顫搖晃，一截脖子淒美的軟傾過來，他尖嘴吹噓那一弧茸茸細毛，到此就好，相談甚歡，那童音哆聲的菠羅蜜夠讓他浸淫許多日夜，夠了。

麝香與龍涎香，最寂寞的味道；52號星球隔日在電子信的文藝腔，哀而不敢怨。當下他只能捏了捏那肩膀，52號星球哎喲痛叫，因為曬傷了。他傳授偏方，切取冷凍的蘆薈葉肉敷貼，可驅熱毒。

古老的訓誡，地獄的第二圈，色欲場中的靈魂，在狂風中飄蕩。所以距他們不遠另一棵白千層下，一對猿猴似緊摟的黑膚人種，粉紅色的唇與手指關節，星亮的眼，嘻嘻的看過來。女人的肥臀石磨般鎮壓著男子的樹藤腿股，兩人的烏濃髮鬢都濕糊了。要定定的注視一會兒，才能瞧出兩人斂力浮沉的探戈節奏。

八隻眼睛串連著，一方動，一方不動，有微風吹拂微香……。

52號星球在其後的電子信是那樣的美化：是一種時間的推移與停格，觀看者與被觀看者鏡照的心理劇，讓下半身泌出好多好濃，恥骨痠麻而不知恥的性愛幻術。

他閱之大笑。長期無欲讓他身心輕省，耳聰目明。不可能但千真萬確是桂花香，他拉起52號星球，其手腕若藕節，漫遊去尋。一年裡最遲發生在六月初，沐浴畢，睡前開窗，總飄進樟科芸香科或夾竹桃科的香頌煙霧，意識的門戶一下子全部打開，令身體微微顫抖，人就軟弱孤單得想嚎啕大哭。環著社區公園的巷弄樓房昏睡黑沉著，只剩幾方窗子黃懨懨，走到哪裡都看得到，兩人兩隻夜鼠在迷宮繞。52號星球突然抽回手，不解而怨極的瞪他。他尷尬的恍惚著，光溶溶的窗塊天燈似的浮升。52號星球轉身疾步離去，莖細的腰身，返回那虛擬時空好像人形偶。

其實連彼此的眞實姓名都不知道，然而至少半年了，52號星球至誠至勤的一字一字敲打樂寫著，交由迴路與纜線傳輸，向他袒露每日情緒與生活點滴，好像X光片的神經與骨骼，呈黑白高反差現形。

因此超越皮相，太上忘情，兩人位元文字往來，無菌室的純淨。

亦友朋亦情人，亦師亦徒，亦步亦趨。他看看這樣才是好的。

52號星球的私房食譜，以芹菜、鮪魚、鑽石冰佐原味優酪乳，治療心情低潮。

然而眞正的切膚之痛是星期日近午，他牙齦浮腫的醒來，眼角一坨乾屎，汗衫拖鞋的果然是頹唐失志的待業人口，鑽出地下室，嗆鼻的是以咖哩與檸檬葉為基調的汗與唾液，源自公園一蓬蓬的嗡嗡人蠅。白銀日光裡，他們粉紅的齒肉與手指關節，吶呢哇啦的南蠻缺舌尾音，攪成一股沼氣風暴。

無關種族歧視，穿過他們像摩西分開紅海，有隻善意的手遞來一枝菸，辛辣得好過癮。他坐在矮垣上，背後一塊榻榻米大的花圃栽滿川七，插了立牌，上書里民廖添旺歡喜認養。翌日撥開葉子，土壤齊整的擻著一節節菸屍，像被活埋的一嘴牙齒。

連續三個週日混跡他們其中。正午，天降雲層開始陰森布局，驟然眼前一暗，雨彈砸落，熱氣流裡水分子燃燒的焦香，啪噠啪噠燙得整個公園歡樂尖笑。一夥約半打的姊妹淘，一式的紫紅束身七分褲，原本鋪報紙席地野餐，手提音響大鳴大放，互相搽指甲油，唧唧笑著躲擠在滑梯下，個個臀部濺濕，熟重欲裂。

雨光裡，52號星球撐一把透明塑膠傘，遠遠靜立，像一縷幽魂，緩緩抬起眼，卻不是看他，而是人類學者的田野調查的眼光。

52號星球與他曾以位元文字達成共識，這島這城的人口結構是上層者爲高等遊牧族，哪裡好過哪裡去；最下層者，暫時移植借來的賤民，勞力機械，用畢退還，損傷不賠；兩者皆無附著力。

52號星球亦曾提供情報，要他注意夜晚戶外活動的幽靈人口。

他們　或貪生怕死　或爲了潛修來世　或是向陰靈求援　所以結社聚會
看過更年期媽媽們練元極舞嗎？隨著腺體與荷爾蒙的萎縮減量　她們的性別
感被稀釋　四肢粗糙了　今生潦倒了　可以儲蓄預定下一世的美麗嗎？
今晚路過國父紀念館　大草坪有神秘的集團坐禪　避免蚊蟲干擾　個個繭在
一頂紗帳內　像樹下掛著一粒粒巨型的蛹　也好像一個個小型的淨界梵天
空曠而藍紫色的夜幕下　這批直立的繭卵　內有成人之胎彷彷彿彿　等著外
太空的異形之母降臨孵化嗎？或者一神經病縱火狂經過　手癢難耐　釀成野火
煉獄　業障付之一炬　善哉善哉

哈哈　別緊張　什麼都沒發生　夜風很舒服的晃漾那紗帳　而紗帳搔著夜藍
很是夏卡爾的畫風呢

他爲52號星球所描述的奇景所惑，打開所有門窗，空氣對流讓屋子輕靈靈，若有所思，他激動欲淚。終於，他與52號星球目光交接，隔著厚重雨幕，那皎潔的年輕眼睛令他左胸緩緩溶溶的一堵硬物在暘化，他看見自己坐在房裡出神，想像自己是浮屍，浸在日光與感傷微風裡堅硬的等待。等待，一切泡影，一切億萬光年。

是夜，取代電話鈴聲的是敲門聲，有所求所以體恤的剝剝輕敲。

「哈囉，我住隔壁的小四，有沒有胃藥給一點？」

大眼，薄唇，臥蠶一抹青霜。

第二次敲門就力道勁脆，「喂，鄰居，有沒有萬金油薄荷油之類的？有夠衰的今天，那死B吐了我一床，臭死了！」

他指點浴室的藥箱有。小四邊找邊說，「浴室都是我在刷洗，拜託幫忙維持。住不住得慣啊你？」下身圍著雪白浴巾，脖子掛一串竹節虫白金鍊子，精瘦背脊如一副對聯的對仗著兩列拔罐的瘀紫圓印。

他木頭似的愣著，偷窺小四房間，有他的兩倍大，完全黑白二色的布置陳設，氣窗皆以黑布遮蔽；岩塊般玄黑床上趴臥一具女體，裙襬裂開一線天，裸出瑩滑一條大腿。突然，那一頭紅棕雲髮刷的迅速一翻轉，暴睜一對深海魚眼，兩片藝妓紅唇歪扭著打出一聲酒嗝。

他駭慄了一下。小四拍拍他手肘，「還不睡吧，我安頓好這爛B再找你聊。」

正面細看小四，毛髮豐盛，兩鬢蔓生的鬍青在空氣中渲染著陰影，底下卻是一雙白皙鳥腳。托來一盤滷味，配備一瓶辣醬，「餓不餓？一起吃。」倒轉辣醬瓶，掌心擊拍，一嘟嚕一嘟嚕血紅黏液飛墜。「饒了我，這次先不喝酒。那死B纏著我連拚了三晚的酒，設計我，想要我掛，搞不清狀況，看我怎麼整死你爛B！喂，你做什麼的？膽子大不大？想不想趕快多賺點錢？」

小四手拈一隻雞爪點戳，一滴殷紅醬汁凌空滴在浴巾上。

「你是不是投阿扁？當然，那已經不是重點。關鍵是我們同在一條船，所以我直說，趕快做好隨時落跑的準備。第一個，美金，全球走透透，山姆大叔最管用。其次，搞一本第三國護照，貝里斯聽過沒？容易拿，又便宜。千萬別以爲對岸會收留我們，什麼同文同種，屁！兩千三百萬人統統發配蒙古放牛吃草還不夠咧。」

「兄弟，我不是在開玩笑。舉個例子，這滷雞爪，生的批發價可能一隻一塊錢不到，速食店用的淘汰的蛋雞，一整隻，十塊錢。你看飲茶的鳳爪，一小盤四十五十，老天祿一隻賣二十二，隨便路邊攤是多少？了不起十五塊。懂了沒有，跑對地方才有價值啊。我們美麗的寶島，這麼多人愛愛愛不完，根本沒搞頭，沒戲唱了！」

小四咀嚼那秀氣的骨節，太陽穴的筋脈跳動，俯身逼近，「聽說，南部一個軍團校級以上軍官集體辦了貝里斯護照，就在上個月，是託一個牧師經手的，因爲人數多，規定的定存額度還優惠打了八五折。你還有沒有印象，幾年前挖北宜隧道，媽的把雪山山脈挖壞了唄，我們美麗寶島的龍骨就是這樣給搞斷了，殘了。我敢說九二一就是那次的後遺症。唉，氣數已盡，落跑為上策。」

小四索性摳出一食指辣醬送進嘴裡，嘖嘖吸吮，嘴角一條血痕，而瞳孔縮小，內裡某處在腐敗，每一張口，他可以直視小四暗紅腹腔，嗡嗡蠕著一團畏光蛆蟲。

「大家莫假仙啊啦，有幾個是心甘情願一輩子杵在這裡的？等到沒得撈了，排隊去做台傭台勞嗎？我可不幹。我為什麼肯陪那死B喝酒，脅她服侍她？我前面提過的那牧師是她堂哥，猛吧。可她老姊最信的是十八王公，沒事就拉著我開她的寶馬520i飆去拜。你說神不神經。」

小四站起來，雙臂上引伸懶腰，腹部吐納收縮，浴巾隨之鬆脫，現出赤紅結棍的下體，彷彿蓄勢待發的一節蛇；安然的拾起浴巾，眼裡有朵怪火，說：「去年的天象奇景有五星連珠，七曜同宮。但嚴格說，火星在金牛座，金木水土四顆星在白羊，所以不能算是真正的同宮。但確定是個警訊。今年呢會有三次日食，兩次月食，可惜大都看不見，大家也就不在乎。尤其日食，分別是六月二十一全食，十二月十五環食，絕對要小心，當然那也是絕佳的時機，你懂嗎？」

小四趨前，左手摩撓下體有簌簌聲，右手食指在他心臟處畫一圈，發自肺腑的懇切跟他耳語如情話：「你有慧根，但缺乏行動力。要相信你眼睛沒看見的，嗯。」

「喔，天亮了。」

兩人齊望向氣窗，初生的日光質純薄溫，肅殺一室的濕氣，化成蒸煙。

小四臉唇泛屍白，萎頓不堪的倉皇離去。

他用一顆枕頭遮堵氣窗，就有了日食的昏昧，頭脹脹的試圖睡。然而，小四房裡間斷傳來類似腐土落葉積層裡昆蟲囓咬交配的噓唏，連繫他胸口的一圈圓，與心跳共鳴。

恍惚有電話，「浩，我得跟阿不拉去泰國一趟，待一星期。好討厭，又要曬得烏漆麻黑了。要乖乖的，我可是有眼線的喔；要不然，等我回來，仔細你的皮。好啦，人家跟你開玩笑的，快去睡了乖。要想我喔。」

美金。便宜好用的貝里斯護照。雙重國籍，單一貨幣。

Belize。肯定52號星球會幫忙蒐證，貝里斯沿加勒比海海岸線的珊瑚礁長達二九

○公里，爲世界第二大堡礁，其溫暖海域是海龜海葵刺龍蝦及潛水人的天堂，也是颶風巨浪與地震的天災之鄉。

隱約門上有抓搔，不等應門，小四逕自進來，全身赤裸，但覆有膚色鱗片。走，到我房間；小四箍著他手腕，不容他拒絕。靠牆一面高及屋頂的灰色鐵櫃，咿呀打開，裡頭縱橫隔成一格格長方形，其中安坐一罐罐陰涼瓷桶，或青花或素面。小四解釋，兄弟，我是行善吶，這些不是老芋仔就是老番薯，最後獨自活，獨自死，我不忍心丟他們到荒郊野外的靈骨塔，想出這法子收留。搬出一罈，旋開蓋子，唉這阿伯最逗了，超愛吃甜，我買了一大板巧克力跟他和一起煮了一鍋，乾了捏成一塊一塊，疊積木似的疊起來，眞是費工夫。吃一塊，嗯？

他閉眼扭頭，雙手卻給小四火燙的鉗緊；小四呵呵的留著口水找他的嘴，送進舌齒間的是牡蠣似腥冷的一拳肉，蠕蠕的鑽，噎在喉嚨。他劇烈咳吐，突然脫口而出是一隻怪戾無毛的黑鳥，滿室飛彈。

在濃濃的奶油與大蒜香裡茫茫醒來，香味飄自巷口新開的義大利麵店。兩手各有一塊隱隱生疼，打開房門，以便監視。小四房門加掛一把銅黃大鎖，一個精心炮製的邀約。樓梯間洩下的燈光只淹到小四房門下半部，人工照明沒有靈氣，他難免煩躁。門後，蜂巢的幾何有序，蟻穴的觸鬚迷宮；壓地的門縫，可會忍不住游出絲綢血紅或是藝妓唇紅跟他微笑招呼？

公園在舉行晚會，高分貝的歌聲噪音在兩邊太陽穴叮叮開鑿。

盆地城市只得兩種氣候，潮熱與濕寒。凝結了前夜所有人肺呑吐的廢氣與邪念，今天再餵給相同的人肺。他最後一次呼吸那樣的空氣是離職前的公司忘年會，主題是夜上海。董事之一的彼得帶來二十箱紅酒，攘臂呼喝，給我全部幹光幫我報仇！揚起一疊千元紙鈔，來，拚贏我的有賞！一波人浪湧上。幾年前彼得投身進口紅酒，蝕了數千萬。安琪拉鬧中來敬酒，梳了林黛樂蒂的菱角頭，一樣的水眼流媚，彈了彈他臉頰，一切盡在不言中。她斜著笑臉與他惜別；休息一陣也好，而今大家的共識是上帝最厚愛咱們台灣人，給我們兩次翻身的機會，對啦，西進，沒得搞了，就到對岸，換個姿勢，再來一次。到時我們重頭一起拚，嗯。她側身卸肩，讓他看她爛紅旗袍衩伸出的大腿，狂笑揚長而去。

之前安琪拉是這麼說的，你坐，本想請你吃飯邊吃邊聊的，但實在太忙了，你看看這一疊，她拍拍堆了尺高的報表。我們有多久沒一起吃飯了？Regional 的詹姆斯來，彼得和傑洛米昨晚請他，三個人幹掉兩萬塊，吃金子是不是，三頭豬嘛。我是幾年前拉你進來的，五年了吧，彼得已經把大衛的股份吃下來，雖然不多，可是夠他有本錢跟香港那邊嗆聲，他要人事重組，一朝天子一朝臣囉，財務部這邊我很抱歉我保不住你，只是暫時的。你別看傑洛米跟彼得現在這麼 buddy buddy，他早晚也得滾。你就算幫我一個忙，先避避風頭，等平靜了，我會儘快再找你回來。I promise. 嗯。其實我也做得很灰心了，整個大環境一直惡化，萬壽、UV、TD年底合約到期後確定都要走，哪天說不定就輪到我，哼，相信嗎，我現在每天有一半時間是花在怎麼鬥別人和怎麼防止被鬥，鬥雞似的你看我這黑眼圈，都是無形成本哩。

她笑得上身抽顫，直直無畏的盯著他的眼裡有水光，好像那次他撞見她與彼得。

薇薇安晚上突然來電話實況轉播，咬牙切齒罵他們怎麼可以這樣不要臉，還有誰，安琪拉，彼得和傑洛米，正在大吃大喝開紅酒慶功那麼容易就把你out，你知道你的好朋友安琪拉說什麼嗎，來給我開你們最好的紅酒；下午跟你講得有情有義，都是在演戲，我每次聽她喊親愛的，我就全身雞皮疙瘩。你離職切結書千萬不能簽喔，你一定要非常非常小心他們把什麼爛帳都栽在你頭上。你還笑，還笑得出來，我說眞的，他們什麼下三濫招數使不出來。

他相信，心底一個細小聲絲，我的主啊我的主啊，你爲何棄他們？

而他們、你們啊爲何棄我？

不由得忽忽想到他剛進公司時有一個老德，更多人不掩其鄙薄與輕賤的喚德叔，德伯。安琪拉白眼一翻說，不用理他，老廢物死討厭。老好人一個，見了誰也嘻笑得悽慘，但誰都覺厭憎。總是最早來開門，最晚一個走。據說原是董事長大衛的表親，做了好久好久的總務，然後做好久出納，組織精簡後，人球似東拋西丟，最後扔在企畫部，做什麼呢，都好都可以，願意從頭學，花白一顆頭顱伏在電腦螢幕前笨拙危顫的捏著滑鼠學習完稿選字級調字間，即使新進小妹妹也站背後嘖聲不耐。所以做什麼都砸鍋，只得不動強動，不拿強拿，處處惹人嫌，像一坨狗屎。主管會議後傑洛米出面當黑臉，老德，不好的消息，公司決定你就做到月底，遣散費照規定給；你的經驗差一點，以後有機會我們再合作。傑洛米伸出貴族般白而綿柔的手一握，意思請儘快消失，然後皺眉跑去洗手。老德漾著笑來，他拿出印章在離職申請書一捺，解釋公司該支付你的金額總共若干，下月二號直接入帳到你的戶頭，屆時核對一下，不對再找我。老德漾著笑走，沒人看他一眼。他去茶水間沖一杯即溶咖啡，在落地窗前下眺，看老德走出大樓，陽光普照下不出一滴汗過馬路，一隻人蟻。

我們居然可以把一個人當一顆果子，榨乾了汁，挖掉了果肉後，當殘渣垃圾的丟棄，不再看一眼。

安琪拉說，這種人渣不除，整部賺錢機器就會被侵蝕、怠惰，通往地獄的道路往往是婦人之仁的善意所鋪成。傑洛米會說，你既不是世上的鹽，你也不能使我的杯盞滿溢，那麼你於我有什麼好處？

其實地獄就在我們中間，天堂從來不曾存在。

我們最最重要的是創造自身不可替代性的價值，因爲我們只能活一次，而死亡屆時是那樣的冗長，很久很久。

而創造與謀殺同時？你爲了鏡中你的臉，所以睜大雙眼進行不見血的殘殺，排擠，踐踏異己與殲滅他人，一次又一次，因爲你要睡在長矛之尖、針之尖、刀之尖上，很久很久。

而自身不可替代性的價值是什麼？

他抽抽鼻子，每每苦於季節交替的過敏，嚴重時鼻竇發炎蓄膿，總是在安琪拉、彼得和傑洛米任一靠近，揚起一陣深層腐味蕈狀雲。

肉腐，身腐，心腐，終於靈腐；還是靈腐，心腐，身腐，終於肉腐；它們像高架捷運的四節列車穿梭盆地半空，終於成爲每一日不可逆轉的意志與生活秩序。

不知道52號星球現在是搭上哪一節車廂。

同一日寄來兩封信，游標點擊打開，卻是一長幅空白。他頓了頓，將空白區塊框起立即成爲黑沼澤，文字河圖洛書的浮現。

扁桃腺發炎了　刀割的痛　是每次深吻的後遺症　（我的主啊我的主啊你爲何棄我？）

我勇於以舌去探索另一隻靈魂　我以爲是認知陌生人的捷徑

譬如A油膩而殘暴　D潔癖懦弱　W有閹人高音的華麗但畢竟是閹人　G超貪婪的蟒蛇　24小時前試探的那位則有手風琴音箱的柔軟（好啦也可說是三宅一生縐褶衣）我喜歡　電視劇裡那樣將我按在牆上　用力過猛 於是震落書架上大字典　砸中他頭爲懲罰　又暈又痛了十秒

他因此縮小了　恢復成小男生　讓我想將他擺進家具展示櫥窗內　與其中的時空一同凍結
我愈來愈著迷於街頭的櫥窗　因爲那是個無性生殖的時空　可以盡情玩耍的生命之輕　當我來到少年和成人的交界　我發現了教我恐懼的欲念　比喜愛男人更爲邊緣更爲不道德的心願

瞪著電腦螢幕，他吃吃的笑了，在靜默中，十指澀澀的在鍵盤上游移，隱忍著不敢自訴，撥接上網的吱～～嘎～～才是最寂寞的聲音。那吱～～嘎～～柔韌的一細蠶絲足以蠱惑他懸梁上吊。

好感激52號星球告訴他甚多下一個世代另一個世界，而他無以爲報。譬如，很害羞的室友買了蛋糕調了一缸雞尾酒爲自己慶生，開降靈會般招來了整棟樓的人，喝開了，集體high得跑上頂樓放煙火貪淋那光點，比賽張大嘴吼叫得最大聲，次日早晨紅彤彤太陽下，手臂疊手臂大腿疊大腿擁抱著睡成一攤；愛欲與死，退潮河灘爛泥的魚屍。譬如，去擎天崗看牛，看到草坡一對大膽人獸野合口交，其節奏與草浪起伏一同，快樂忘形，忘得眞好。又譬如，這是最末的夏天了，整棟樓都快搬光了，日頭靜靜，所以幫忙好好先生的老房東粉刷，一邊吹口哨唱老歌〈壽喜燒〉，奇怪居然知道這首恐怕比我老的歌，浴室洗臉盆上的鏡櫃的鉸鏈鬆脫，空寂回音中，鏡子嘰歪悠盪，盪過去是窗外藍天裡火燒雪堆的鳳凰木，盪回來攝取我的臉，覺得自憐與轉世重生。我可以愛你嗎？趁我還是少年紅顏，以爲臉上是鳳凰木細碎葉子，但是是微溫的液體，愛即是心的劫厄。你如果是要告訴我生之迷惑與苦難之必然，請不要開口。請閉嘴，如果你是要告訴我活著的不堪與短暫，草繩與閃電。虛擲有什麼不對？不愛有什麼不好？我現在擁有這樣多，卻不知該如何用掉。我在迷妄時給你寫字，清醒時就忘了你。在年輕的湖海我是一條人魚，隨波逐流，你願在岸上等我多久？

生之冗長是那樣的久，活之繁瑣是那樣的煩，人爲什麼總希望活得更長更久？最終不過是一條臃腫臭烘烘的大便。逛夜市有一攤賣西瓜汁，取作輸血站，給了我靈感，想架設一網站，儲放人殺人的故事與方法，自殺屠殺謀殺，瘋狂邪惡與異端。三個國中生勒索了一起長大的同學而後謀殺將屍體以水泥封在藍色塑膠桶投入海港碼頭。某交流道出口的黑色垃圾袋裝有男屍頭部纏以黃色膠帶五官已遭破壞雙腳與脖子被電線反綁。南部遊樂區茶園橫屍頸部大動脈割斷胸部被刺十餘刀。十五歲小酒鬼以西瓜刀割了十二歲男孩喉嚨深可見骨。大樓儲水塔傳出惡臭警方發現一具已浸泡一週的女屍其失業丈夫涉有重嫌。冷血的悲劇力量及意志，爲什麼我們不肯誠實面對仔細認清而只以暴力與罪掩蓋？由愛生恨，所謂愛殺的邏輯，我們慣常以輪迴命運解析之習慣之。然而持刀斧鑿鎚拿槍殺人的雙手，彈琴寫詩舞畫懷抱幼嬰撫摸乳牛自慰摘星搔癢你耳垂撥弄你舌的雙手，我總想握住那密布神經末梢的血肉，嗅聞它熟悉它了，所以就不害怕沒有非分之想，就像古時斬首，傳說有人伺機以饅頭吸收血注，曬乾後作爲藥引或降魔驅邪。你會愛我嗎？我繼續寫著，企望一字一字敲出一條道路直達你的心，以此求證。

他身著烈焰的搖晃著。光明頂是由骷髏所築成的。52號星球敲鍵盤的手白骨稜稜的碰碰敲他的胸他的頭殼。梳過公園綠樹的風帶著太陽的安息香，薰得四壁空間粉燥悠長，氣窗上日影一晃一晃的調笑壁上的計時器。他可以這樣的坐下去直到成爲一尊化石。這是他最後的聖餐，最後一杯葡萄酒與最後一塊無酵餅。

夢遊般的手腳並用在街路上蕩，坐公車搭捷運，穿脫光與影，夾在人與人之間，保持陌生的距離，拉出安全的張力。車上聒噪著一群蓬蓬冒著濃腺腺體臭酸味的高中生，一個癟嘴頭髮染得剛硬已停經的婦人，一個眼睛與公事包鼓凸的西裝男，兩個鞋底厚十公分五官賤格的辣妹，各自形成一團星雲，互不侵犯干擾，似乎達到一種涅槃境界。正對面一個看似老榮民又像是內湖的億萬地主，露出一節蒼白小腿，無滋無味的瞪著他。

車體行進，樓與樓間的太陽混濁，他仰視而遭螯痛，突然覺得乾與渴。日光重重塌在身上卻像黑夜，他第一次想到，脫離了習慣很久的職場食物鏈，不再供養宰制他人，也不再被他人供養宰制，就是獨立自足、來去自由了嗎？其實不然，譬如這一車廂的陌生人，看一樣的電視報紙，穿同一牌子內褲，吃食都是M

牌的香菸與漢堡，年年繳稅而常常厭倦。揭開活著的最底層，其下還是個蛛網蜂巢的秩序結構，他想他來到最後的清醒。

車體行行復行行，如同每夜的睡眠中，覺得陸沉，島沉，屋沉；他一再讓樓與樓間那惡濁太陽刺傷眼睛，直到瞎了。

車體行行復行行進入隧道，昏暗中像一隻碩大螢火蟲飄浮，隧道兩弧壁等距嵌入小燈，一種靈視，一種迴光返照，一種星體降臨。而嗡嗡聲像亂流中的昆蟲之翼。那風刷在舌尖味蕾上勾起腥甜。他看到斬斷了與那職場維生系統相連的血脈後，自己不過成了一尾蟲豸，順風被吹進糞坑，逆風則翻了幾圈觔斗而翅膀破裂。他看到自己不得不到浴室去，瓷磚白得發青，彎下腰，浴缸放水，忽的一堵強風砰的甩了房門，震波株連牆上鉸鏈鬆脫的吊櫃，鏡子嘰歪推盪到半空，所以看不見自己肺癆般潮紅的臉，然而背上蔭涼像爬了一隻大蜘蛛。第九盞隧道壁燈。他看見自己終於接了那夜半女子的來電，冷哼答阿浩死了，給一輛寶馬撞得身首分家哩，警方懷疑是謀殺，他留了樣東西給你，你要嗎?第十三盞隧道壁燈。小四貼了張紙條在他門上，一手癩字，明晚再找你聊喔；他回覆，請速打電話與此非常女，幫我轉交一物給她好嗎。第二十七盞燈。第二十八盞燈。一次趕季報表加班，電腦螢幕專注太久，眼睛澀極了，打呵欠的淚光中淡墨落地窗頭下腳上無聲息滑過一人，瞬間兩人的意志與焦距重疊。翌日證實是同棟一位憂鬱症患者，著地處一叢鵝掌藤，被重壓得苦味久久不散。第三十盞燈。第三十一盞燈，呼出隧道，陽光撕裂，呈粉末狀，他發現一個人十字架上耶穌那樣的姿勢枯癱在希臘藍座椅上，已經腐臭的五餅二魚。

天氣一下子變冷所以就來到了秋天　戶外游泳池也要關閉了　我的夏天就結束了　像是作了一個很長的夢　醒不過來還是得醒過來　心情上的腰瘦背痛　夏天從來就不是一種季節　那是一種態度　積極正面機智而美好　在心情換季變成冬天的自私之前　還要去一次夜間游泳池　蒼白巨大的燈照在巨大的游泳池就會有一種妖豔的寶藍色　皮膚變成一種透明　踩不到底的深邃池水中　浮

力就會把你輕輕的托起來　好溫柔好溫柔的　所以就擁有古巴小男孩被海豚馱在身上的拯救幻覺　不會有太多人的　在夜間游泳的人也許都擁有奇怪的人格在安靜的水中規律的起伏著　沒有誰和誰交談　所以就變成一種沉默封閉的小小宇宙　沒有誰會撞到誰　週末愉快

*篇名〈每天與宇宙的光〉取材自智利詩人聶魯達的詩，陳黎、張芬齡譯。

近黃昏純藍的空明，一如太虛與真空。

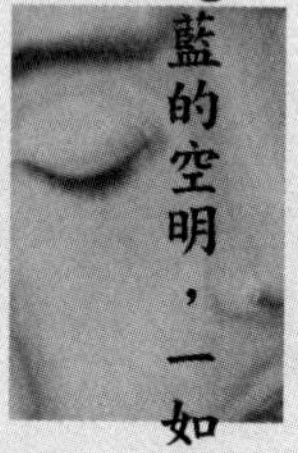

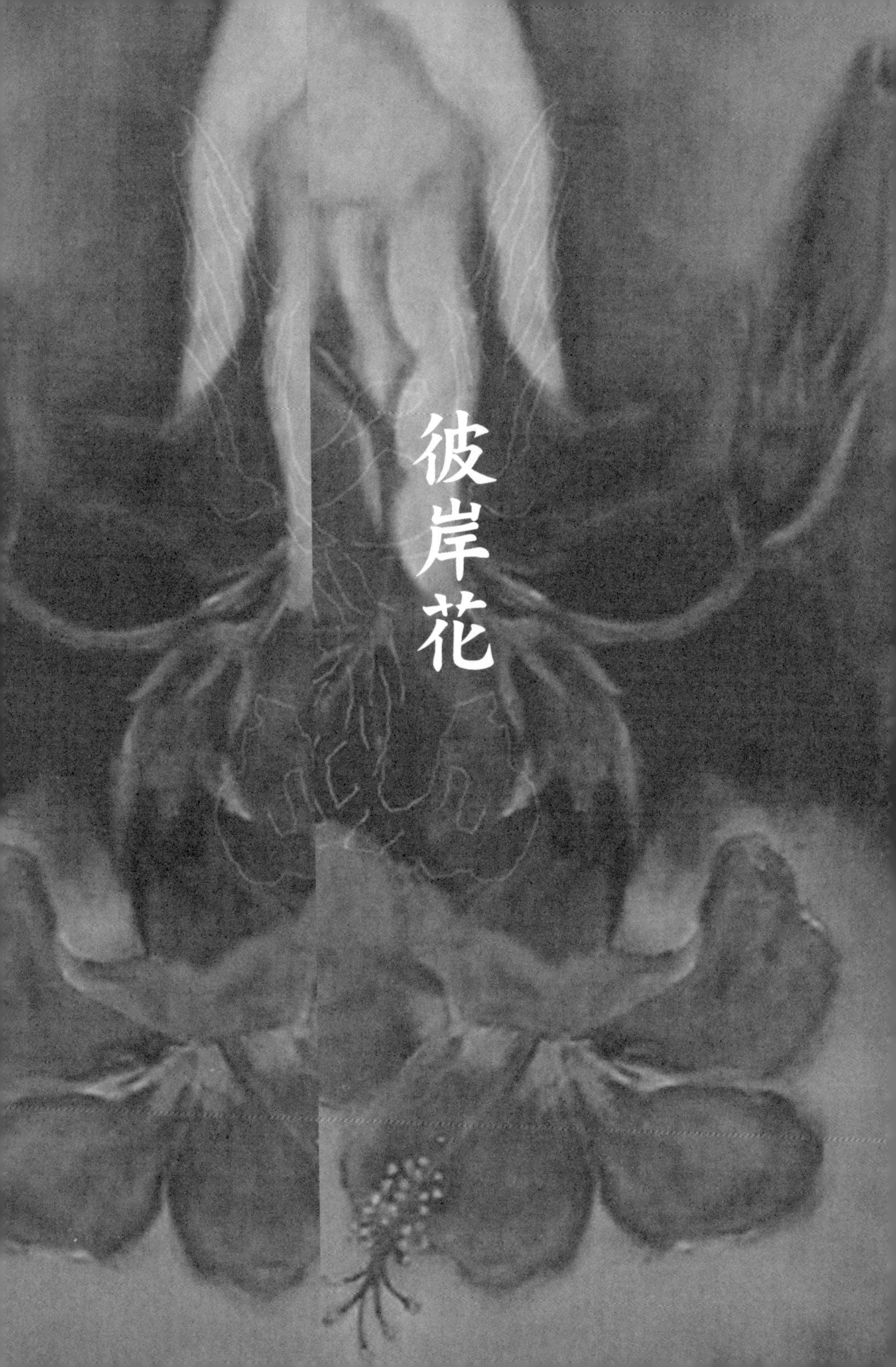
彼岸花

愛是恆久傷害，又有傷害；不只屈辱，還要屈辱。

愛確實有微香，顫溢，如何當我被進入，最終只覺得痛與臭。

翅膀，自兩肋往背延生，開展與收斂，生風的節奏，漾起微香，撲在我臉我身，小虎你緩緩進入，試探，並詢問是否快樂。

汗水，清亮的啪噠在肚腹；小虎你在律動中以肌膚擦熱空氣，油汗流淌，勾勒出手臂與下巴滑光的曲折。

汗，腥狂的揮發，我想，必定有一輪巨大的太陽，以白焰熊熊探照你虬濃的黑髮，泌出油脂，沾黏我手掌。

恍若家鄉八月的炎陽之氣，堅硬覆有芒果樹蔭的泥土路，我尾隨明黃亮漆棺木前行，懸棺的麻繩勒著木棍，而木棍咬著抬棺人的肩肉，森森咿呀低哼，墓埔的日頭毒毒的嚶嗡著；跨過一條乾溝，抬棺人腳一滑，一注屍水滲漏，如魚唇吻在我腳背，重且黏，阿煌弟弟你要問我什麼嗎？

無所求的人，是最像神的，因此，讓自己的需求愈少的，就愈接近神。

接近神而不是神，意義與目的是什麼？得到永恆虛空的平靜與永死不再輪迴的平安，一點點的愛與眷顧，或一點點的恩慈。

那麼，我需求愛甚多，一如駱駝之渴水，再如新井之通滄海，我接近獸嗎？神是至大的謊言，人是灑了太多狗血的惡戲，而只有獸最爲甜美單純。

所以，你抬高我的雙腿，與月亮同高，嬉戲的窺視那生與死的巢穴，你那驚愕的一低頭。

請慢慢的，進入。

請輕輕的俐落的，就從恥骨下緣切入劃開，割成一個半圓，挑起掀開，一樣用你那驚愕的一低頭，其下骨盆，上移是腹腔，再上胸腔，請數數共十二對肋骨。

這肋骨環匝鳥籠似的胸廓，確實曾有彩鳥啄吟清麗之音。

你會掏空其中，讓我知道一無所有，而且曾經擁有甚多；你清出一個共鳴箱的空間，安置我的頭顱。

給我最後的想像，以我的死來到我的生，得以想像生之苦楚、孤獨的過程，一如月的初萌到滿。

如此的血肉葬，甚好，你助我吃下、終結自己，口中發苦，腹裡甜蜜。

你要我靜默。但請給我光。

愛的極致是靜心讓你割下我的頭，喀的剁斷頸椎，空著的兩隻手掌心向你，以示一無所求。

喀裂聲後，自由靈魂煙霧噴吐，此後跟隨你左右，在你光潔臀丘捺下緋紅指痕，提醒餘孽未清。

愛，何其艱難。

血刃所愛，又是何其艱難的快樂。

小虎我初初捧著你年輕倔強的頭臉，像一輪旭日，令我惶惶流淚。

一如我初初見你在酒香人氣中，舌尖爲恐懼電流一鞭，師父的告誡在耳邊響起，命犯太歲，小心桃花劫。

我義無反顧走向你，全身緊繃而微潮，雙腿黏稠，疑心且羞愧自己發出沼氣。

還是在你手裡合上一朵紅花，若要萎爛應是在泥土裡。

劫毀餘眞。

一切逃不過林容平凌凌的豹眼，朝我拈花一笑，望著我走進煉獄。

師父要我張手伸前，他垂眉斂目，一隻手粉柔玉涼在我肉掌上運氣團了兩圈，握緊，作勢一扼袚除。他澄澈雙眼望著我意味深長說，殺氣被抹淨了，前世冤孽宜解不宜結，該收收心了。

若非師父化解，我第一個殺的就是林容平你。

剪下你的男性，塞進你兩片堅厚而黑沉的唇之間；我想你亦需要緘默。你的口與男性給你一生至大的豐盛、享樂，如此收場，是一份無法自拔的啓示。

我曾以爲彼得是滿溢泥土氣的，可供我安身。

阿煌弟弟你屍水淋在我腳背，月亮影子怯怯的在天邊。我在冷氣機轟隆隆馬達聲醒來，肩膀、胸乳有林容平餿臭的口涎與齒痕，窗上貼有紅紙符黃紙符，被冷風脆脆刮颼著；探頭窗下，冷寂而黑垢的清曉，蒼蒼壅塞的屋頂海，也是骨骸之海，被一股無以名之的隱形風暴灰茫嗡嗡的擠壓著堆積著，咵啦咵啦就在我腳底。

記不起什麼時候開始到處大破大立拆房子蓋房子。

彼得，嗯那時只叫林容平，扶著我的腰，得意的說，看見沒，好大一股錢潮到處竄，百年一次喔，媽的之像上街頭自力救濟的瘋人陣，你要搶要攔截分一杯羹就得跳進去，否則你小AE要熬到民國幾年才發達呀。

跳下去吧。

他咧嘴笑開，我直看進那粉紅黏稠的喉嚨洞穴深處，可以鯨呑蠶食。

那時候的人，雖然拚搶得汗流浹背，身上的味道是清剛的；喊得那麼聒噪而青筋浮暴，臉總還是好看的，有空白。被那時候的人推搡一把，你驚訝的是他的熱力與勁道。

就像王欽宙。我陪眼珠地中海藍的詹姆斯看房子，沿路鋪天蓋地都是玫瑰園的旗海指示牌，天際線一陷，聳立一座仿古的爬藤斑駁城堡，綠茵草坡，淙淙流水，牆蔭裡一匹熱得眼神頹散的棕色馬，不時噴的噌一大口霧氣。

迎接我們下車，一路蝦著腰亮著一口白牙延請我們進涼森森的玻璃屋，上咖啡，解說，報價，導覽樣品屋與四周環境，全程無時無刻你都覺得他撲通撲通的心跳與血暖。

於暮色與汽機車廢氣裡的玫瑰香，於咬嚙瘀痕與自噬的腐爛中，那微小的開始都是創世紀，飽實有芒刺。

你說種子與花苞，無論何者都是美好，無關選擇與妥協。

因爲，確實，你握著一粒砂，就有洪洪響亮的一個世界。

即使在曠野，你滿溢，不渴不懼不懷憂。

城堡只是一道假牆，背面觀音石披瀉成溶溶漾漾水簾，天光雲影，水下有大大的斜體字浮凸，「給你的摯愛一生的玫瑰園36坪擁翠雅寓48坪星光名門64坪禦景豪邸」。

王欽宙縷述分析預售屋的利大於弊，牙縫冒著細小的泡沫，手指甲剔亮無垢，那麼懇切，所以你也曾以爲他是泥土一樣的信人。

然而，林容平過來，拍拍他的肩，欽仔要我幫忙嗎。拉開椅子，叉腿坐下。晶燦而野心的大眼醚住你，鞋緣在桌下放膽的擦過你的小腿肚，絲襪唇裂，舌尖貼上腿肉，麻涼。

然後是那晚你用灑了Opium的絲帕醒醒詹姆斯爛醉的臉，扔他在沙發上，去了玫瑰園半夜被林容平的鼾聲與一隻蚊子吵醒，你鼻腔塞著精液漂白水似的腥臭，起身去浴室，水龍頭乾空，你才覺曉這是玩具屋一樣的樣品屋，你們在虛假中紙紮的金童玉女結結實實幹了一場，傍窗下眺，停車場伸著天鵝頸弧路燈，幾隻大翅夜蛾吭吭嚓嚓在冒死頂撞水銀燈罩。

燈照裡是新鋪柏油，左右樓房昏黑未免太溫情的蹲著，注視。

連你的身體都是假的。

你加入林容平與王欽宙的跑單小姐班底，很快學得見人說人話，見鬼說鬼話，客戶上門，你嗅嗅警戒不可以貌取人，就像綠頭蒼蠅緊盯嗡嗡嗡講得嗓子枯啞，你與坐鎮櫃檯的林容平交換一個眼神，欽仔接棒碎步全場跑一圈，隨即環繞音響雄渾男中音抑揚頓挫放送，現場請注意C9之5成交讓我們以最熱烈的掌聲恭喜他們恭喜！幾十雙手劈啪鼓掌，門口放長串鞭炮起硝煙，你馬上看到那對夫妻眼裡的焦慮，但暗爽著肥羊上鉤啦。銷售率破八成五了，你與其他跑單吃著排骨便當興奮嘰喳拿到獎金要買名牌買車吃魚翅去日本犒賞自己。林容平又飛你一眼風，一起去接個才十幾戶自地自建自售的小案子，搭一個超級大案的便車撈過路客，半個月clean結案，你拿著即期支票暈淘淘，那麼輕易的就賺到了之前的年收入。

燈一暗，林容平一把攫住你，又硬又熱的梗你，潮黏熱氣噴你一臉。你鬆手支票落地。

何德何能你承受兩者相加的重。

但如何一張支票給你那麼多卻那麼輕飄飄。

「凡祈求的，就得著；尋找的，就尋見；叩門的，就給他開啓。」

你傾心那樣的世界與紀律，何況當下眞的發生。

挑高四米五複式空間SOHO族單身貴族雙效合一的樣品屋赤足走下，仍是一身漂白水似的嗆鼻味，乾了的黏液抓緊肌膚。黑暗而漾著芳香劑的接待中心的指揮台上緩緩坐起躺睡著只穿白色內衣褲的欽仔，瞇眼迎視。

就在樓梯上坐下，與欽仔對看。你知道你的臉那時嫩白如月。

大片玻璃窗外，基地的老舊公寓被夷爲礫石堆，角落傾坍著一個水銀剝落鏡面漫漶的梳妝檯。

那鏡遠遠誘你朝鏡裡張望一眼。

在荒廢上建構荒廢，在罪惡上覆蓋罪惡，在謊言上架疊謊言。

你們則公狗母狗的交歡在荒廢與罪惡與謊言之上，因而得以對這城這土地戀慕日深。

一如遊牧你們流竄盆地到處推案，甚至深入盆地邊界的荒山或坡地或河濱。

你一人口舌乾燥躺下要睡，但笑著捧著存摺細數一行行入帳數目字，你想著林容平激情的演說，我們在改造這個城市！

你飛手按計算器，快嘴算給一對新婚夫妻聽，以預售價格與分期輕便方式買兩或三年後的增值，絕對至少是定存的兩倍利潤，兩倍還是太保守的看法，何況情勢一片大好，什麼都可以量產唯獨土地有限喔，你看這官方資料過去十年公告現值一路飆，市區人口已經過度飽和，生活素質不斷惡化，你再看我們跟環河快速道路同時動工也會同時完工，將來這社區的潛力非常可觀，人潮就是錢潮，生機帶來商機，你們夫妻郎才女貌還好年輕拚一下就有了，要不要我再介紹一樓的店面是金三角呢，差不了多少錢。

你扶著黃銅床柱，提防不要像上一次將床單搞髒，林容平亢奮喘氣的從後面頂你，你遙望夜暗的山影，每天一口一口的被怪手啃噬。

你記得一個月前進駐這工地，那山上開滿美麗的桐花像覆雪。

你們為認識環境去爬過一次，林容平在花樹下嘴角咬著半截牙籤，點頭盛讚是賣點，銷售 **plus**。

你暗暗訝異他的聰敏與精力，結識了一個又一個的建築師設計師，開口老師閉口大師，慷慨的禮賢下士請他們吃大餐，紅酒續攤，順便上一堂建築課室內設計課，從基本概念到最新趨勢，建築的美學與人文思考，與自然環境和諧的有機體，一聽就懂，然後消化爲銷售語言教你，讓我們共同改造這個城市！

欽仔則黑眼圈的跑來說認識了一位豪爽富婆，收他做乾弟弟，教授他玩融資融券，初次進場，富婆姊姊一個口號，他一個動作，才一星期就翻了兩番。富婆姊姊擰了擰他屁股，讚他靜靜吃三碗公眞巧，笑問滋味怎樣，比起現股低買高賣到頭來還不是被坑殺有屁用。

從此三人行撈錢，當天誰撈最多誰請吃飯，十二點收盤，渾身口鼻頭髮都是銅臭菸味，你坐計程車前座，手裡噹噹噠噠玩著一疊硬幣，你還是覺得骨碌碌一粒球在賭場的大轉盤跑。你聽到自己英氣脆刮說乀你乾姊嘖嘖全身這一季的香奈兒可是狗改不了吃屎還戴上那副太陽眼鏡看起來就是地攤貨CoCo香奈兒眞看到了要從墳墓裡跑出來吐。你看著後照鏡裡的自己心裡琢磨明天是不是要先他們倆一步放空Ｘ壽。

胃口養大，你又想加碼，除非跳下去玩丙種。

吃魚翅套餐，餐廳很高像座室內球場，放眼春聯紅桌巾一片血海，哇啦嘩啦和著碗碟碰撞每桌一嘴嘴股票經比賽誰分貝高，說到得意處，仰臉大笑，也還都是錢的聲音。

從他們笑聲音量大小你就知道誰撈多誰撈少。

侍者加茶水，不小心濺出的水星子飛上你手臂，你皺眉厭鄙之至的嘖一聲。

你持著瓷湯匙停在空中，愣愣的注目電視螢幕那個人不見臉孔揮著旗子阻擋坦克車，坦克車頭轉偏左，他左移兩步；偏右，他也右移。

他們繼續哄哄大笑。因何有勇氣與尊嚴若此但命比一張衛生紙還賤。

請讓我靜一靜。不要任何言語。

即使沉沒。

詹姆斯用你的絲帕擦汗，說要被調到泰國，此去前途未卜。地中海藍眼珠令你疼惜，他握你的手說羅馬熱，台北熱，曼谷熱。你不懂，你知道詹姆斯手腳一直不乾淨，二十五歲就考到CPA但他熱愛台灣人的兩本帳傳統如你戀愛他的溫柔。你們開車南下，你想著半路繞去看看阿煌弟弟。

車輪畢畢剝剝碾著碎石路，坦克車履帶碾碎人骨，風灌進車裡是牛糞與腐草曬乾的穢臭與異香。

近黃昏純藍的空明，一如太虛與眞空，那片纍纍墳頭你自知找了也是白找，要詹姆斯掉轉車頭。

阿煌弟弟，我在傑洛米與德叔同時看到你。我不敢低頭，我以爲小腿被硫酸潑蝕出白森森的脛骨。

關於離棄，我看過最好的說法是這樣寫的，如果一個人不與同伴同行，那或許是他聽到另一個鼓手的鼓聲。

萬點崩盤慘遭斷頭之後，我恢復兩手空空。

全是我自己的錯，我自己的貪與執迷，欽仔早先十萬火急通知馬上出清，我不聽。

素臉白衣與詹姆斯約在香港會面，詹姆斯笑說像小寡婦，我伏在他兩腿之間婉言請他幫忙說情讓我回去重頭做起。

相互攬著腰，走廣東道穿過海港城去搭天星小輪，明灰悶熱，我看著海水一湧一湧漂浮過的有自己的屍身。

我大滴大滴的掉淚，痛惜自己的失去與烏有。詹姆斯握著我手讓我哭個痛快。覺今是而昨非還不至於，重頭再來，我做做就知道勤奮的極限，人力的極限，希望的極限，天命的無限，或者曠野的無限。

可我賣身般的賣力，我也知道勤奮的有價，忠誠的有價，職位的有價。

當然我也知道獲得一個有view的個人辦公室的代價。

在開始與結束的夾縫，或者細小如針孔，我就無從所有；我勉力開鑿，譬如先得到十坪大，繼續為換屋五十坪努力，愈是挪近死亡，我所得滿滿，而一切也不過暫時借用。

終歸於灰燼的美與豐富。

在結束前盤點，在死亡前清算，我才能眞正知道自己的所有到底多少。

但那一刻，我即將消失像一縷煙，我擁有多少的意義是什麼？有與無。有的極限與無的極限，一如月之圓亮與暗蝕是月之一體兩面。

所以，小虎請慢點切下我的頭。

重逢富婆姊姊那日正是我第一次與傑洛米交手，他搽了太重的含麝香的古龍水，我覺得臭且頭暈。

然而，厭憎也能是吸引力，下了班我們在健身房相遇，傑洛米汗漉的眼睛聳著二頭肌聊起香精與個人潔淨用品市場的現況與趨勢。碰觸我的手背與臂膀。

那樣一頭凶猛野獸，我好奇他的下場。

傑洛米的住處，薰得那麼香也臭，激起我的血流嘩嘩，突然一條血蚯蚓遊在我大腿內側。

我放下水杯說還有事得走了。他輕鄙我的窘慌，以爲我那麼不敢誘惑。

傑洛米崇拜自己，強壯，碩實。我看著他，就想到弱肉強食。

他托腮托著那朵溫柔的笑說，這個香精與個人潔淨用品市場的case我們聯手合作喲，我要好好借重你的女性直覺呢。

但傑洛米進入我，迅速俐落，譬如宰割。

我就從他一次次的宰割裡得到微薄的幸福。

他附耳與我說，啊我們都是一樣的一樣的，太好太妙了，我們倆早就該策略聯盟！

努力吧。滿桌亂疊的剪報與市場資料，傑洛米特地點上一瓶尤加利薰香爲我提神醒腦，潔淨氣息裡我看著當天報紙寫著經濟犯王欽宙加國滅門自戕的新聞。

欽仔你如何走到那裡，所有的希望都棄絕了。

我不能自制的發抖，不能一人，我跟著傑洛米回去，我抓著他的綿柔手掌覆蓋我的臉與身，他比我奸巧，而且那樣強壯，足以幫我擋住欽仔的子彈。

金屬穿過顱骨，穿過牙齒，穿過眼睛，落在神的土地，我們還有什麼不滿足？晃動中，我瞪視傑洛米的雙手，報紙的命案現場屍體分布圖很清晰的浮現在他的掌紋上，我咬也舔。血之色，血之甜，血之鹹，血之黏。傑洛米戲謔的笑，抽出來，壓低我的頭顱看他狂熱射出。即生即死之味，我僵直不動。

富婆姊姊在街上叫住我，我一下子認不出。她成了洗盡鉛華的仙風道骨，給騎樓的和風吹得飄飄然，靠兩道昔日的墨漬紋眉定住她。

她與我合十，說你受苦了。我一震，眼眶一熱。

她灰撲撲而澄定的眼神，拍掌喜笑說我想通了現在兩手空一身輕，東西能捐能給的一件件一樣樣往外送，好自由自在呢。

物累，全都是物累。

你確定過得好嗎？

她捏著我手掌心問，身後的車流人流，濁浪滔天。

富婆姊姊與我電話細說，我浸泡浴缸裡為洗掉傑洛米的味道，但用的是他送的精油與浴鹽點的是他給的香氛蠟燭。

富婆姊姊說成住壞空苦集滅道說心性覺有情說本質與輪迴說無間地獄。

似蚱蜢之念。如露亦如電。

眞正的大歡喜。

電話掉進暖香水裡。

人的存在及其意義，我們如何證明？

以攫取的增多，或以割捨的減少？

存在若是由空到空的一場虛幻，人如何擊破或接受這片虛幻？

鏡花水月，我若能探頭以近而悲欣交集的聞聞那花香做一回魚游。

生與死的旋轉門，擁有甚多如肥胖者是不是因此讓轉速稍緩？

富婆姊姊帶我去拜見師父，才下車尚未進屋，她柔身伏地，挺身而舞。

似有漫天花雨。不解是何來的感召或靈喚。

富婆姊姊若登仙境，交纏兩臂，十指藤繞，打起手印，也莊嚴也嫵媚。

師父端坐，招我趨前，仔細打量，搖頭嘆息。

我在師父偶露的火炬目光裡全身軟溶溶，有股驅力讓我一心想流淚，孺慕的想下跪抱住師父痛哭。

富婆姊姊好羨慕，說師父與我必然是前世有結緣且是良緣，才能有如此彷彿之情。眞是福報。

富婆姊姊說她求道過程的坎坷，一廟拜過一廟，一神壇訪過一神壇，徒然沾得一身荒誕暴戾，第一次見師父，就遭斥喝，顚倒手提包抖出所有竟然好幾個符袋不知藏匿作祟了多久，難怪夜裡總是春夢連連。

車行林蔭大道，辦公大樓一塊塊的光亮蜂房，如何它們更像囚房，傑洛米林容平詹姆斯樂在其中，又如何他們像細菌的孳衍，泌生毒素。

如何我也占據其中一塊光亮而我一日日覺得鏽暗與腐蝕。

我趺坐，師父繞著我踏著非丁非八的步子，念念有詞，何以別後至今彈指一世而迷失本心若此？

我滅熄那光亮敲破那蜂房飛身而出我就懂了慈悲有了智慧。

我原本就沒有，怎麼布施？

原本就沒有，怎麼捨棄？

德叔來求我，難堪的撐著最後的一點笑意，額頭一層薄汗，要的不過是一份工作一份薪水。德叔是以前老闆裙帶關係的累贅人力，什麼都沒有，什麼也不會，那麼我只得割捨他。其實是他割捨他自己。

我們生存的世界，肯定創造許多擁有許多的人，也崇敬自願一無所有的人，然而我們鄙賤什麼都沒有的並稱之爲人渣。

讓我靜靜。讓我想想有與無、神與人的矛盾與艱難。

站在落地窗後，俯視德叔橫越林蔭道，連影子都沒有。我可以是神嗎？

如果任何人妨礙阻擋了我或傑洛米創造贏取更多，我踏斷他的肋骨，讓他知痛而退，我是人。

如果我欠身繞道像雲過山，我還是人。

師父說他每晚睡下像一片葉子歇在石塊上。

好幾晚加班到很夜，等電梯時我也想有塊大石靠一靠，我知道是幻覺德叔笑嘻嘻侍奉我謙卑的問下班了好辛苦，他像一株枯樹。

空氣微涼微酸，還有些陰魂味，每天我走進這大樓，塡滿一個位子，離開時像影子，如何我總惴惴然覺得一切作爲是在海灘上砌城堡。

上升或下沉，門開，梁柱傾斜，泥佛破裂，木佛朽爛，金佛斷頭，老鼠與蟑螂暗生，紙張白蝴蝶黑蝴蝶的撲飛。

我必定是走向荒野，然後回頭張望，才知道這千燈千眼怪獸光明大樓之所惑。狗奴。傑洛米嘴角一抹淫邪的笑要我翻身作狗爬式，我無異議馴從。

每一個人根本都是另一個人的狗奴，我不過是趴跪下悅人悅己而已。

彼得偕同詹姆斯去了北京上海回來。居然是詹姆斯，曼谷熱裡熬了幾年，功力就深了幾成的老狐狸。一宿傾談，他泌著淚水訴說他的寂寞與傷，話題一轉到彼得，大喜驚顫說Oh sweetheart, Peter is fantastic. 你怎麼不早點介紹我們認識。我撫著他稀薄的兩鬢銀白的髮，但覺得自己是具木乃伊。

約齊了上陽明山，小虎開車，山路上下迴繞，樹影魅人，篩著亮銀，抬頭去尋，十五團十六圓的月亮。

車子到一隱密別墅大宅，兩人一組青壯黑衣保鏢勒著一條驃悍獒犬哈哈吐舌來確認才開啓大門，彼得與詹姆斯下車，連體嬰般踩著碎石路隨另一組保鏢入內，一列南洋杉後氤氳妖豔青光想必是窪泳池，庭院深深傳來隱約幾聲媚笑。

我問他們去見誰，當司機的小虎眼角嘴角譏誚的斜吊，某大富豪囉。

小虎於後照鏡中瞄我，冷哼說剛經過一扇紅鐵門其實是座金絲貓大妓院，早知要這麼等我就帶你去參觀，整棟都是模特兒般的老外，彼得是VIP常客，我保證明天又得載他們倆去一趟。

彼得此次出去繞了半個地球，一路我不斷傳眞及電子信給他欽仔的新聞，他回來了絕口不提。

兩人神色謹愼的回來，下一站去吃野菜泡茶，一處向陽台地，視野開闊而山風爽勁，聊起此次大陸行才放鬆，彼得鐵口直斷亞太未來主要舞台是京派海派天下，現在卡位已經嫌遲，但再不行動就死定了。詹姆斯完全同意，他伯父三〇年代待過上海租界，這次去北京，星期日上教堂，七十多個國籍的國際人士匯聚一堂，顯然是一個徵兆，全世界都在唱走走到中國遍地黃金白銀與機會。彼得說只要一百萬人民幣就可買到最新最現代的公寓，這兩個城市將是這世紀最繁華靡爛之都，地方大人就大氣，台灣就是太小太小了，搞到一個個小鼻子小眼睛，不知外面世界遍地紅太陽。

聽聽恍然大悟兩人是專為唱和給我聽的，我拿一籠小饅頭去找小虎。

花樹下，小虎指縫燃一根菸，沉鬱的坐在一塊生苔巨石上。師父說睡下像一片葉子歇在石塊上。小虎解釋昨天才與他姊姊從美西回，時差困擾。

靜坐，一種祥和的電流遊竄在兩人身上。

很想靠一靠。腹底衝上一粒氣泡，閃光一啪，師父。

我們的世界是一個大陰謀。小虎說。

譬如愛滋病，就是個消滅黑人的滅族陰謀，但擦槍走火波及同性戀倒大楣。

山樹裡嗚嘔嗚嘔有一隻鳥鳴叫。小虎伸手扣住我的手腕，但是你必須承認你們是陽謀，我跟著林容平，你們的世界我現在離不開卻令我作嘔。我想問你意見，我將來離得開嗎？我看到你們也辛苦付出得來的只是讓你們腐敗的惡與魔，住的也是正被惡與魔蛀壞的房子，而你們不覺還日日飲酒高歌。你們究竟是富還是貧，我不再知道勤奮與努力的意義。

我更看過公路行走者，日日只做一事，以步行護持和平與愛的信念唯願莫再人吃人，如此癡心空想就是昇華與正義嗎？

等到河床乾涸了，我就拖曳行舟。

等到荒漠形成了，我就尋找漿果與野蜜。

豐盛中的一無所有。

我是收服欲念還是被欲念征服。

我身體熱而嘴舌苦。

小虎靜靜，我說，聽那隻鳥的鳴嘔。我們發抖沿山溝尋鳥音來源。

月光穿過葉隙，碎亂跌在身上有如硝煙。我抱住你像一共鳴箱。

靜空中的山月，照得青筋浮腫。

我回到住處梳著頭髮發出索索枯葉聲想著你而覺得衰老。

師父，富婆姊姊，世上還是有比離棄割捨更難的。你們究竟還有個有立足境的幸福。

頭骨之下草根之下，以指尖摸索那黑暗的輪廓，我咬破唇，爲那不能遮掩的軟弱。

愛要以血以汗以生的黏液，塗出字證，而我突然目盲。

兩張皮膚互烙以光以熱，我初有喜悅然後懼怕，冷卻黯淡之日長出苔與黴。

大風吞吐中，我以我的影子藏覆你，橫渡那不能橫渡的。

師父，惡果豈是今日生今日食呢，既已長在我胸前生在我手上，我就吃下。

當小虎一再的抬高我的雙腿，與月亮同高，我忽然刺眼，就看見阿煌弟弟。

黃金與灰燼。

師父，什麼又是聖潔與污穢。當小虎抬我的腿，狠狠切入我，咬牙切齒將話語呲嚐成血淋碎塊，說他被林容平與他姊姊與我豢養的恥辱，說狗與骨頭的關係，說金錢的萬能與醜惡，我雖苦哼但平靜接受。

他凶猛的撞擊抽動，而終於潰散，伏在我胸上勒住我頸子，那時，師父，我是否應告訴小虎你固然純眞但本質與林容平傑洛米詹姆斯沒有差別。

我們始終活在人吃人的世界不曾須臾離開。

而如何將恥辱與不堪和平轉移一如小虎與我。

你笑時嘴角涎著血。

難免你想，一日一日的只要小虎願意接受你的馴養，一切都將美好。

每一個太陽來過的今天，滿實，平順。

但你在盛夏的冷氣裡冒冷汗。離了床的小虎窩在你房裡如修行者，當初你將露台改建爲小書房，他攤了一桌的化學方程式與線路圖表，不准你看，你在甬道這頭，他逆光回首，陰陰的一笑。你了然於心，卻不說破，你寵愛的在小虎額頭與眼睛啄吻，他頑皮的脫光，示意你吻他氣味很重的男性。唉。富婆姊姊不知打了多少通電話你一概不接。

你吻。就是修行，就是戒律。在辱中坐定，於死中飛揚。

一切美好。

在鬥與殺、鐵與血的時代，如何不甘我們一不小心隨時淪爲被虐被辱的被犧牲者。

當詹姆斯告訴你Refresh的case全權交給傑洛米，你臉一沉，一掌重力打在他的背，長期在健身房鍛鍊出的勁道，你接連出拳，劈啪打到詹姆斯的淡藍眼珠汪著恐懼與求饒的水光。離開前你抄起一隻青花立瓶砸牆壁，碎片飛了一房間，詹姆斯抱頭蹲下去發抖。

你命小虎飛車去找林容平，撲了個空。你似乎呀的叫出聲。

小虎開車，伸手抹抹你臉與頸項，意味深長的看你。

你握著他的手，已經縱橫著淡淡的血痕。你嗅聞珍惜。

告訴小虎很累了，但不曉得應該怎樣收尾。

如何你覺得好像希臘女神阿蒂米絲胸前纍纍二十個乳房，不，毒瘤。

你要靜一靜，隨便小虎把車開走，獨自在社區公園像個失業的精神官能症患者。

下午四點的太陽正照臉上也光也熱，挺拔的黑板樹給你一些遮蔭，一叢台灣海棗沙沙清響，此後你會有如此這般的每一天。

師父在你左邊，阿煌弟弟在你右邊。

在遙遠的詩意的從前，你還是處子之身，你還無所有然而以爲全世界都是你的，玫瑰色的，埋首深呼吸，甜美至極。

你終於也來到這裡，所有的希望棄絕了嗎？

所以，再一遍我請求，小虎你且慢割我的頭。

這是平常的一日。生的生，死的死，活的活。骨骸在棺材裡翻了翻身。

而你的幸福時刻始終沒有出現。

所有的玫瑰花花期已經過了，所有的酒香已經散逸，只剩狗人漫空嗅聞的惆悵。

始終沒有出現。
你踮起腳，手心撐著鈍了的刀刃，臨風望遠。
始終沒有。

文學叢書

1.	吹薩克斯風的革命者	楊　照著	260元
2.	魔術時刻	蘇偉貞著	220元
3.	尋找上海	王安憶著	220元
4.	蟬	林懷民著	220元
5.	鳥人一族	張國立著	200元
6.	蘑菇七種	張　煒著	240元
7.	鞍與筆的影子	張承志著	280元
8.	悠悠家園	韓・黃皙暎著／陳寧寧譯	450元
9.	想我眷村的兄弟們	朱天心著	220元
10.	古都	朱天心著	240元
11.	藤纏樹	藍博洲著	460元
12.	龔鵬程四十自述	龔鵬程著	300元
13.	魚和牠的自行車	陳丹燕著	220元
14.	椿哥	平　路著	150元
15.	何日君再來	平　路著	240元
16.	唐諾推理小說導讀選 I	唐　諾著	240元
17.	唐諾推理小說導讀選 II	唐　諾著	260元
18.	我的N種生活	葛紅兵著	240元
19.	普世戀歌	宋澤萊著	260元
20.	紐約眼	劉大任著	260元
21.	小說家的13堂課	王安憶著	280元
22.	憂鬱的田園	曹文軒著	200元
23.	王考	童偉格著	200元
24.	藍眼睛	林文義著	280元
25.	遠河遠山	張　煒著	200元
26.	迷蝶	廖咸浩著	260元
27.	美麗新世紀	廖咸浩著	220元
28.	台灣原住民族漢語文學選集──詩歌卷	孫大川主編	220元
29.	台灣原住民族漢語文學選集──散文卷(上)	孫大川主編	200元

30.	台灣原住民族漢語文學選集—散文卷(下)	孫大川主編	200元
31.	台灣原住民族漢語文學選集—小說卷(上)	孫大川主編	300元
32.	台灣原住民族漢語文學選集—小說卷(下)	孫大川主編	300元
33.	台灣原住民族漢語文學選集—評論卷(上)	孫大川主編	300元
34.	台灣原住民族漢語文學選集—評論卷(下)	孫大川主編	300元
35.	長袍春秋—李敖的文字世界	曾遊娜、吳創合著	280元
36.	天機	履　彊著	220元
37.	究極無賴	成英姝著	200元
38.	遠方	駱以軍著	290元
39.	學飛的盟盟	朱天心著	240元
40.	加羅林魚木花開	沈花末著	200元
41.	最後文告	郭　箏著	180元
42.	好個翹課天	郭　箏著	200元
43.	空望	劉大任著	260元
44.	醜行或浪漫	張　煒著	300元
45.	出走	施逢雨著	400元
46.	夜夜夜麻一二	紀蔚然著	180元
47.	桃之夭夭	王安憶著	200元
48.	蒙面叢林	吳音寧、馬訶士著	280元
49.	甕中人	伊格言著	230元
50.	橋上的孩子	陳　雪著	200元
51.	獵人們	朱天心著	即將出版
52.	異議分子	龔鵬程著	380元
53.	布衣生活	劉靜娟著	230元
54.	玫瑰阿修羅	林俊穎著	200元

POINT

1.	海洋遊俠—台灣尾的鯨豚	廖鴻基著	240元
2.	追巴黎的女人	蔡淑玲著	200元
3.	52個星期天	黃明堅著	220元
4.	娶太太，還是韓國人為好！？	日・篠原 令著／李芳譯	200元
5.	向某些自己道別	陳樂融著	220元
6.	從麻將桌到柏克萊	王莉民、劉無雙合著	200元
7.	星雲與你談心	星雲口述／鄭羽書筆記	220元
8.	漂島	廖鴻基著	240元
9.	那多三國事件簿之桃園三結義	那　多著	180元
10.	那多三國事件簿之曹操登場	那　多著	180元

文學叢書 054

玫瑰阿修羅

作　　者　林俊穎
總 編 輯　初安民
責任編輯　高慧瑩
美術編輯　許秋山
內頁設計　劉亭麟
校　　對　余淑宜　高慧瑩　林俊穎

發 行 人　張書銘
出　　版　INK印刻出版有限公司
台北縣中和市中正路800號13樓之3
電話：02-22281626
傳真：02-22281598
e-mail:ink.book@msa.hinet.net
法律顧問　漢全國際法律事務所
林春金律師

總 經 銷　成陽出版股份有限公司
訂購電話：03-3589000
訂購傳真：03-3581688
http://www.sudu.cc
郵政劃撥　19000691 成陽出版股份有限公司
印　　刷　海王印刷事業股份有限公司

出版日期　2004年4月 初版
ISBN 986-7810-90-2
定價　200元

國家圖書館出版品預行編目資料

玫瑰阿修羅／林俊穎 著.
--初版，--臺北縣中和市：INK印刻，
2004〔民93〕面；　公分（文學叢書；54）

ISBN 986-7810-90-2（平裝）

857.63　　93004624

INK